Ralf Lilienthal

Das Versteck der Anakonda

Ein Abenteuer im Dschungel

dtv junior
Tigerauge

Schau mit dem Auge des Tigers!

Sei wachsam und mutig,
denn auf Dich warten große
Abenteuer. Tauch ein in die Welt
der Ritter! Du bist dabei, wenn
Mammuts gejagt werden! Du erlebst,
wie ein Schatz aus der Tiefe des
Meeres gehoben wird! Sei neugierig auf
die Welt und entdecke ihre Geheimnisse
in spannenden Geschichten. Willst Du noch
mehr erfahren? Dann schau genau hin:
In den vielen Bildern steckt eine Menge
Wissen zu Deinen Lieblingsthemen.
dtv junior Tigerauge – das sind Bücher
für Kinder mit Durchblick.

Ralf Lilienthal, geboren 1961 in Duisburg, hat sich schon als Kind für Schlangen interessiert. Auch heute üben sie nach wie vor eine große Faszination auf ihn aus. Er ist selbstständiger Gartengestalter, Journalist und Schriftsteller und lebt mit seiner Frau und seinen beiden Kindern in Wetter a.d. Ruhr. Weitere Titel von Ralf Lilienthal bei dtv junior: siehe Seite 4

Stefanie Scharnberg wurde 1967 in Hamburg geboren. Nach einer Buchhändlerlehre studierte sie in Florenz an der *Accademia di Belle Arti* Malerei. Heute lebt sie als freie Illustratorin mit ihrer Familie in Hannover.

Ralf Lilienthal

Das Versteck der Anakonda

Ein Abenteuer im Dschungel

Mit Illustrationen
von Stefanie Scharnberg

Deutscher Taschenbuch Verlag

Von Ralf Lilienthal sind bei dtv junior außerdem lieferbar:
Leo & Dix – Spurensuche im Hotel Atlantic, dtv junior 71186
Leo & Dix – Tierdieben auf der Spur, dtv junior 71260
Oskar und der Große Och, dtv junior 71222

Originalausgabe
In neuer Rechtschreibung
Juli 2009

www.dtv-tigerauge.de
Umschlagkonzept: Ralph Bittner
Umschlagbild: Stefanie Scharnberg
Lektorat: Katja Korintenberg
Herstellung: Stephanie Lütje
Gesetzt aus der Caslon 12,5/16˙
Satz: Greiner & Reichel, Köln
Druck und Bindung: Druckerei C.H. Beck, Nördlingen
Gedruckt auf säurefreiem, chlorfrei gebleichtem Papier
Printed in Germany · ISBN 978-3-423-07720-0

Inhalt

Reise in den Dschungel

»Na, so was! Sieht so aus, als hätten wir zwei das gleiche Ziel. Was?«

Paul schreckte auf und blinzelte den jungen Mann, der ihn gerade geweckt hatte, aus müden Augen an.

›Nicht der schon wieder!‹

Schon vor über 20 Stunden, beim Check-in auf dem Frankfurter Flughafen, hatte Paul den großen Blonden gesehen. Auch in Madrid und später in Quito waren sie in die gleiche Maschine gestiegen.

Der Typ war nicht nur sonnenstudiobraun, er trug auch einen Kakianzug, Trekkingstiefel und einen über dem rechten Ohr aufgebundenen Safarihut – alles nagelneu und perfekt gestylt.

›Wie ein Fotomodell aus dem Outdoor-Katalog!‹, dachte Paul und verkniff sich ein Grinsen.

»Wo fliegste denn hin, Kleiner?«

»Nach Puerto Misahuallì.«

»Ehrlich? Ich auch! Und dann? Wirst wohl kaum ganz alleine im Urwald spazieren gehen, oder?«

Er schlug Paul auf die Schulter und lachte laut.

Paul schwieg. Als der Blonde aber zuerst seinen grellroten Rucksack und dann sich selbst in den Sitz neben ihm fallen ließ, seufzte er. Den Typen würde er für den Rest des Fluges nicht mehr loswerden.

Als er gerade antworten wollte, sprang der Propeller der klapprigen Cesna an. Wenig später lag das Tal von Baños hinter ihnen und sie nahmen Kurs auf den Dschungel Ecuadors.

»Meine Mama macht eine Mutter-Kind-Kur mit meiner kleinen Schwester. Ich besuche so lange meinen Vater. Er arbeitet für ein Jahr in Ecuador.«

»Als Öl-Ingenieur, was?«

»Nein, als Schlangenforscher.«

Der junge Mann zuckte zusammen, als hätte er einen elektrischen Weidezaun angefasst.

»Ist nicht wahr!« Sekunden später hatte er einen zerknitterten Briefumschlag aus seiner Umhängetasche gezerrt und hielt ihn Paul unter die Nase. »Zernott! Du bist der Sohn von Dr. Michael Zernott – oder?«

Paul war verblüfft.

»Ja. Aber woher …?«

» … ich das weiß? Ich bin auf dem Weg zu deinem Vater ins Camp Napo. Ich hab ein Empfehlungsschreiben von meinem Onkel. Er ist im Vorstand der Senckenberg Gesellschaft für Naturforschung.«

»Mein Vater arbeitet für das Forschungsinstitut Senckenberg!«

»Eben. Und deswegen wird er mir helfen!«

Paul war jetzt wirklich neugierig geworden. Wobei sollte sein Vater diesem überdrehten Typen wohl helfen?

Als der Blonde sah, dass Paul ganz gespannt die Auflösung des Rätsels erwartete, warf er sich stolz in die Brust.

»Ich werde die Zehn-Meter-Anakonda finden!«

Paul verdrehte die Augen.

»Der Roosevelt-Preis?«

Sein Nachbar nickte anerkennend: »So, den Preis kennst du also?«

O ja, Paul, dessen erstes Schmusetier eine zwei Meter lange Boa constrictor gewesen war, kannte sich beim Thema Schlangen aus. Sein Vater hatte einmal

Der Roosevelt-Preis

1912 hat Theodore Roosevelt, zu dieser Zeit bereits Ex-Präsident der USA, ein Preisgeld von 5000 US-Dollar für denjenigen ausgelobt, der eine Schlange von 30 Fuß (9,14 Meter) entdecken würde. Obwohl noch immer einige Rekordschlangen durch die Literatur geistern, wurde das inzwischen auf 50 000 Dollar erhöhte Preisgeld bis heute nicht eingelöst.
Die drei längsten Schlangenarten der Welt sind:

Die Große Anakonda – längstes glaubwürdig belegtes Exemplar 8,85 Meter

Der Netzpython – glaubwürdig belegt 8,70 Meter

Der Dunkle Tigerpython – glaubwürdig belegt 6,70 Meter

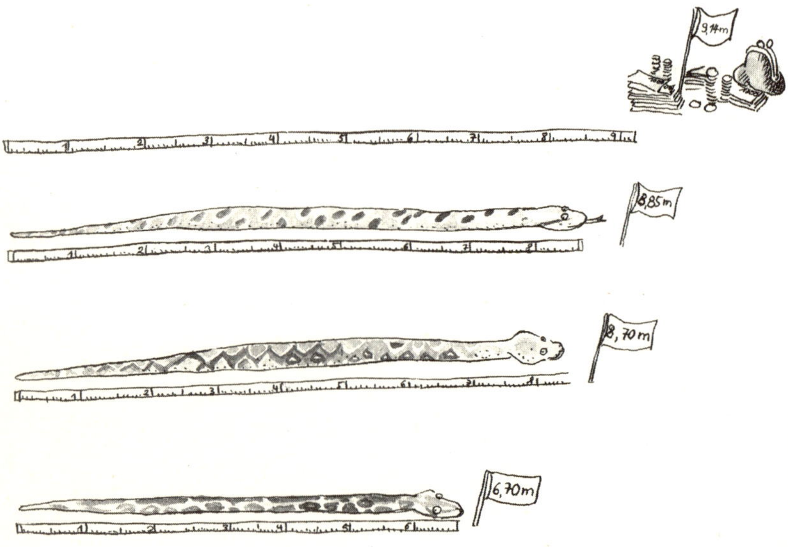

von den 50 000 Dollar erzählt, die seit 1912 auf denjenigen warteten, der den unwiderleglichen Beweis einer Zehn-Meter-Schlange erbringen würde.

Der Blonde unterbrach Pauls Gedanken.

»Das Geld interessiert mich nicht, mein alter Herr hat mehr als genug davon. Aber«, flüsterte er jetzt verschwörerisch und mit funkelnden Augen, »wenn ich die Roosevelt-Schlange gefunden habe, werden alle sehen, was ich draufhabe!« Und ein wenig kleinlauter fügte er hinzu: »Auch mein Vater!«

Paul schüttelte skeptisch den Kopf.

»Papa sagt, die Zehn-Meter-Schlange sei Spinnerei. Und wenn, dann ist es vermutlich keine Anakonda. Die längste Schlange der Welt ist der Netzpython. Jedenfalls gibt es unter ihnen viel häufiger besonders lange Exemplare. Aber er lebt in Asien. Warum sind Sie nicht dahin geflogen?«

Der junge Mann lächelte gönnerhaft.

»Das lass mal meine Sorge sein. Keine Tagesreise vom Camp Napo entfernt gibt es eine kleine Insel. Und auf der lebt eine Zehneinhalb-Meter-Anakonda. Weiß ich aus zuverlässiger Quelle!«

Paul sah den Blonden erwartungsvoll an, doch der sah nicht so aus, als wollte er diese Quelle preisgeben, und Paul hatte auch keine Lust nachzufragen.

»Wie heißen Sie eigentlich?«

»Oh, entschuldige, dass ich mich noch nicht vorgestellt habe. Ich bin Johannes Cornelius Portländer der II. – aber nenn mich wie meine Freunde einfach Joe.«

»Ich heiße Paul.«

»Wie alt bist du?«

»Zehn. Im Oktober werde ich elf!«

Während sich Joe nun endlich häuslich neben ihm einrichtete, drehte sich Paul zum Fenster und versuchte, durch die vielen Wolkenfetzen hindurch einen Blick auf den immer dichter werdenden Urwald zu werfen. Ihm fielen seine Besuche im Frankfurter Tropenhaus ein. Es war, als könnte er die schwüle Wärme dort unten bis hinauf ins Flugzeug spüren.

›Was, wenn es im Camp noch schlimmer ist?‹, dachte er und es wurde ihm ziemlich flau in der Magengegend. Auch das Flattern der kleinen Maschine machte die Sache nicht gerade angenehmer.

Müde von dem langen Flug musste Paul wieder eingeschlafen sein. Denn das Nächste, was er sah, war eine Handvoll flacher Häuser und dazwischen eine Grasfläche, die aussah wie ein schmales Fußballfeld und die sehr schnell näher kam. Als die Maschine aufsetzte, zuckte Joe neben ihm heftig zusammen und ließ dabei ein stöhnendes Schnarchen hören.

Fünf Minuten später kletterten sie aus dem Flugzeug. Am Ende der buckligen Urwald-Landepiste standen kaum ein Dutzend Menschen. Pauls Blick strich schnell über sie hinweg. Wo war sein Vater? Enttäuscht stellte er fest, dass er nicht unter den Wartenden war.

Joe dagegen lief zielstrebig auf einen stoppelbärtigen Mann in ungewaschener, stark verschwitzter Kleidung zu und schüttelte ihm die Hand. Der Mann wies unbestimmt Richtung Wald. Und wenig später war von den beiden nichts mehr zu sehen.

»Pa-ul?!«

Der Junge drehte sich erschrocken um. Ein barfüßiger Mann, kaum einen halben Kopf größer als er selbst, mit Jeans-Shorts und einem verblichenen roten T-Shirt stand vor ihm und lächelte ihn mit einer riesigen Zahnlücke zwischen den Schneidezähnen an. Ein Indianer!

»Ja …? «

»Ich Estéban«, sagte er in einem eigenartigen Spanisch, »Doctor Ceñoto gesagt, Pa-ul abholen! Kommen mit!«

»Wer? Doctor Ceño…«, Paul schlug sich auf die

Stirn. »Klar, mein Vater. Und er hat gesagt, ich soll mit Ihnen mitgeh… Ey, was, wo wollen Sie denn hin?«

Der Indianer hatte Pauls große Reisetasche gegriffen, sich ohne weitere Erklärungen umgedreht und war mit schnellen Schritten davongelaufen.

Verdutzt sah ihm Paul hinterher.

»Moment, hallo, nicht so schnell, ich …« Paul raffte sein restliches Gepäck zusammen und rannte Estéban nach.

Ein paar Hundert Meter weiter blieb der leichtfüßige Indianer endlich stehen. Schwer atmend warf Paul Rucksack und Beutel auf den Boden und sah sich um. Sie befanden sich oberhalb einer kleinen Bucht des Rio Napo. Paul konnte einen langen hölzernen Steg, einen klapprigen Flusskutter und zwei schlanke indianische Motor-Einbäume erkennen.

›Das muss der Hafen sein!‹, dachte er und fragte sich, was Estéban wohl als Nächstes tun würde. Der Indianer drehte sich nur einmal kurz zu ihm um und lief dann wortlos weiter.

»Mach dir mal meinetwegen keine Sorgen«, maulte Paul, während er sich erneut sein Gepäck schnappte. »Ich bin ja erst seit 24 Stunden auf den Beinen und fühle mich topfit. Wie wär's mit einem Dschungel-

Triathlon – von mir aus können wir auch zum Camp Napo schwimmen!«

Doch Paul musste nicht schwimmen. Stattdessen saß er fünf Minuten später mit mulmigem Gefühl am Bug eines Motor-Einbaums und starrte auf den schmutzig braunen Fluss. Estéban, sein schweigsamer indianischer Begleiter, saß, die Hand am Steuerruder, hinter ihm und regte sich nicht.

»Worauf warten wir?«

Ohne ein Wort wies der Indianer mit seinem Kopf zurück über die Schulter. Paul blinzelte unter vorgehaltener Hand hinüber, sah aber nichts als eine Gruppe hoher Bäume hinter seinem Begleiter aufragen.

Doch halt, gerade als er sich wieder abwenden wollte, bemerkte er in den Augenwinkeln eine Bewegung. Was immer da auf sie zukam, es sah merkwürdig aus. Die Gestalt ruckte seltsam auf und ab, während sie zugleich hin und her zu schaukeln schien. Dann endlich verstand Paul, was er da sah. Ein ebenfalls mit einer kurzen Hose bekleideter Indianer kam auf sie zu. Er trug einen offensichtlich schweren und sperrigen Benzinkanister mit beiden Händen ruckweise vor sich her. Die schaukelnde Bewegung ging von einem Fellbündel auf seinen

Schultern aus, das bei jedem Ruck ins Schwanken geriet.

Als die seltsame Erscheinung nur noch etwa dreißig Meter entfernt war und einen Moment stehen blieb, fiel bei Paul der Groschen. Das Fellbündel war ein kleines Äffchen und der Indianer, der ihn jetzt über das ganze Gesicht anstrahlte, war ein Junge etwa in seinem Alter.

»Juanito!« Estéban hatte seine Sprache wiedergefunden und zeigte zufrieden nickend zu dem Jungen. »Sohn von Estéban.«

Der Alte machte keinerlei Anstalten, dem schmächtigen Jungen mit dem Benzinkanister zu helfen. Also sprang Paul aus dem Boot und sie hievten das schwere Teil gemeinsam an Bord.

Juanito schlug seinem Helfer als Zeichen der Dankbarkeit auf die Schulter, während er nicht aufhörte zu lächeln. Paul grinste zurück.

Als die beiden Jungen saßen, warf Estéban den Motor an und nahm Kurs auf die Mitte des ruhig dahinfließenden Rio Napo.

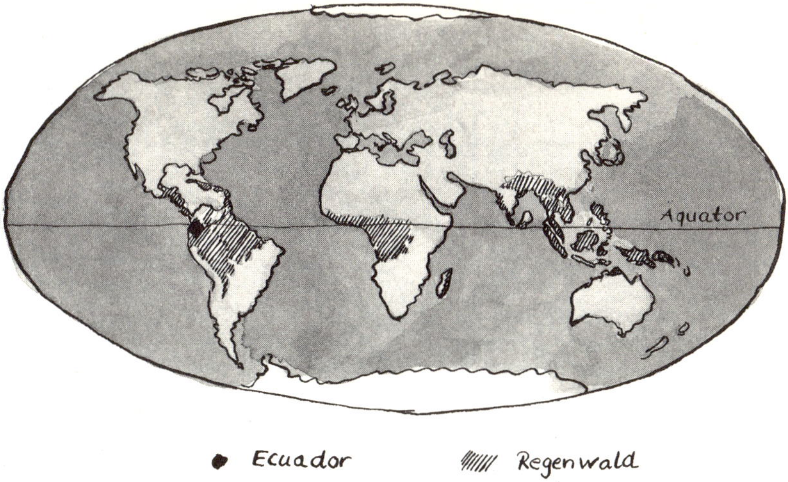

Regenwälder der Erde

Wer ›Dschungel‹ oder ›Urwald‹ sagt, meint den Tropischen Regenwald, eine vor der Besiedelung durch den Menschen undurchdringliche grüne Wildnis zwischen dem 10. Breitengrad nördlich und südlich des Äquators. Der Tropische Regenwald ist nicht nur die grüne Lunge unseres Planeten, sondern auch eine Region größter Tier- und Pflanzenvielfalt. Auf einem Quadratkilometer Amazonasdschungel z. B. finden wir mehr Baumarten als in ganz Europa oder Nordamerika zusammen. Doch das grüne Paradies ist in Gefahr! Um an Öl, Gold und wertvolle Holzarten zu gelangen, schlagen die Bulldozer und Planierraupen der Menschen immer größere Schneisen durch den Wald. Soja für die Rindermast und Zuckerrohr für die Produktion von Biokraftstoffen nehmen immer größere Flächen in Beschlag.

Flussfahrt mit Äffchen

Es war, als wäre Paul erst jetzt richtig angekommen. Zwar fühlte er sich noch immer von den Strapazen des langen Fluges erschöpft, aber das gleichmäßige

Tuckern des Einbaums und die langsam an ihm vorbeiziehende Landschaft wirkten beruhigend auf ihn. Zugleich war er so von der fremden Welt fasziniert, dass er gar keine Zeit hatte, müde zu sein.

Der Rio Napo war an dieser Stelle vielleicht sechzig oder siebzig Meter breit und auf beiden Seiten von hohem, undurchdringlichem Wald umgeben. Vom Boot aus sahen die meisten Bäume eintönig

Die Regenwald-Stockwerke

Grundvoraussetzung für das Entstehen der Tropischen Regenwälder ist das Klima. An 365 Tagen im Jahr ist es heiß und feucht, Regen und Gewitter gehören zur Tagesordnung. Ideale Wachstumsbedingungen für alle Bäume und Sträucher, aber auch ein ständiger Kampf um Licht und Nährstoffe. Der Waldboden ① wirkt wie eine Art Schnellkomposter – alles Pflanzenmaterial, das zu Boden fällt, wird sofort von Insekten und Pilzen zersetzt. Die Kraut- und Strauchschicht ② ist entweder undurchdringlich dicht oder, auf nährstoffarmen Böden, kaum ausgebildet. Die unterste Baumregion ③ ist arm an Blättern und wird von Luftwurzeln und Lianen durchwuchert. In der sonnenbeschienenen Kronenregion in ca. 30 Meter Höhe explodiert das Leben geradezu, Blüten und Früchte können sich entfalten, alle möglichen Baumbewohner finden hier reichlich Nahrung. Noch einmal 20 Meter darüber wachsen in einigem Abstand voneinander die sogenannten Überständer ④. Wenn ein solcher Baumriese eines Tages fällt, entsteht eine Lichtung – der Kampf nach oben entbrennt aufs Neue.

grün auf sie herab, nur manchmal schienen sie durch ihre roten, gelben oder violetten Blüten wie entzündet. Tiere sah Paul zu seiner Enttäuschung kaum. Hin und wieder glitt ein einzelner Silberreiher über den Fluss, einmal jagte ein ganzer Schwarm laut kreischender Papageien über sie hinweg ans andere Ufer.

Nach einer schweigend verbrachten halben Stunde an der Spitze des Bootes wurde Paul mit einem Mal bewusst, dass er nicht alleine war. Er drehte sich zu den beiden Indianern um und lächelte verlegen. Juanito schien nur darauf gewartet zu haben. Breit grinsend hielt er Paul ein großes Blatt entgegen, auf dem eine Handvoll frischer Fruchtstücke ausgebreitet waren.

»Oh, vielen Dank, die kann ich jetzt wirklich gut gebrauchen!«, sagte Paul, während er voller Erwartung das erste Stück in seinen Mund schob. »Mmmhh. Ich habe noch nie etwas so Leckeres gegessen!«

Juanito staunte ihn an.

»Wieso sprichst du so gut Spanisch? Viel besser als Doctor Ceñoto!?«

»Mmhh, meine Muu… «, Paul unterbrach sich, weil ihm bei dem Versuch zu antworten der Saft aus den Mundwinkeln tropfte. »Also, meine Mutter kommt aus Mexiko! Papa hat sie kennengelernt, als er in der Moave-Wüste für seine Doktorarbeit herumgereist ist und Klapperschlangen beobachtet hat!«

Juanito nickte.

Wieder schwiegen sie eine Weile. Aber es war ein gutes, freundliches Schweigen, das Paul sehr genoss. Auch das kleine Äffchen, das bis dahin noch immer auf Juanitos Schulter herumgeturnt war, schien Zutrauen zu dem fremden Jungen zu fassen. Vorsichtig kletterte es an Juanito hinab und näherte

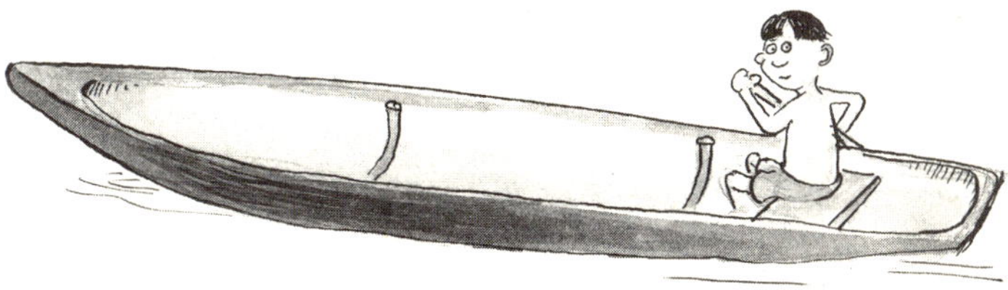

Indianischer Einbaum

Bis heute werden die zum Teil sehr flachen Wasserläufe Amazoniens mit dem Einbaum befahren. Das aus einem großen Holzstamm durch Ausbrennen, Abschlagen und Schleifen gefertigte flache Boot wird mit einem Motor oder mit Paddeln angetrieben und im Flachwasser mithilfe einer langen Stange gestakt.

sich nun Pauls Hand, auf der das Blatt mit den Früchten lag.

»Da!« Als Paul dem putzigen Kerlchen die Früchte entgegenhielt, machte es einen Satz zurück auf Juanitos Arm. Beim zweiten Versuch blieb Paul ganz still sitzen. Wieder kam das Äffchen auf allen vieren langsam näher. Zwei-, dreimal hielt es inne und drehte sich ängstlich zu Juanito um. Dann ging es auf einmal ganz schnell. Zwei Sprünge, ein gezielter Griff, und ehe Paul wusste, was geschah, saß es schon wieder auf Juanitos Schoß und ließ sich einen Bananenschnitz schmecken.

»Pipante!«

Paul, Juanito und das Äffchen schraken auf, als Estéban so unvermittelt sein langes Schweigen brach. Ein Blick voraus genügte den beiden Jungen, um zu erkennen, was Estéban gesehen hatte. Ein Motor-Einbaum trudelte führerlos und mit laufendem Motor in den trüben Fluten des Rio Napo.

»Gringo Wouf!«, ergänzte Estéban und schnaubte dabei verächtlich durch die Nase.

»Mein Vater weiß, wem das Boot gehört!«, erklärte Juanito. »Er heißt Wouf und kommt aus deinem Land. Aber mein Vater mag ihn nicht!«

Estéban schien wütend und redete in seiner eigenen Sprache schnell und erregt auf Juanito ein.

»Mein Vater hat Wouf am Hafen gesehen. Mit einem jungen Mann. Einem ›Kinder-Mann‹. Er weiß nichts vom Fluss und nichts vom Wald. Sein Kopf steckt voller Kindergedanken. Und Wouf ist sein Dschungelführer. Aber auch Wouf redet viel und weiß wenig. Wir sagen, dass ›seine Zunge falsch spricht‹.«

Paul hörte dem Jungen zu und blickte dabei abwechselnd den wütenden Estéban und das treibende Boot an. Plötzlich schlug er sich auf die Stirn.

»Mensch, klar, diesen Wouf, den hab ich eben am Flugzeug gesehen. Er hat Joe abgeholt. Den Anakondajäger!«

Juanito war bei dem Wort Anakonda zusammengezuckt.

»Was? Wouf und der Kinder-Mann suchen die Dschungelkönigin?« Die nächsten Worte murmelte er nur noch, während er seinen Blick zum Himmel richtete. Es sah so aus, als würde er irgendeinen unsichtbaren Geist um Beistand bitten.

»Da! Gringo und Kinder-Mann.«

Estéban wies über die beiden Jungen hinweg auf zwei im Fluss treibende Kugeln, die sich beim Nä-

herkommen als die Köpfe der beiden Dschungelspezialisten erwiesen.

»Hilfe, zu Hii…«, das letzte Wort ging im Gurgeln unter, als Johannes Cornelius Portländer der II. Wasser schluckte.

»Bleiben ruhig. Estéban lenkt Boot zu euch. Festhalten an Rand vom Holz!«

»Was sagt die Rothaut?«, fragte der heftig im Wasser platschende Joe auf Deutsch den Mann, der von Estéban und Juanito ›Wouf‹ genannt wurde.

»Wird sein Boot zu uns rübersteuern. Soll'n uns festklammern. Hoffe, der Trottel macht mal 'n bisschen schneller, hab keine Lust, von 'nem Kaiman oder 'ner Bande Piranhas angeknabbert zu werden.«

Paul lief purpurrot an und blaffte diesen Wouf wütend an: »Soll ich dem ›Trottel‹ sagen, er kann weiterfahren? Sie scheinen ja auf unsere Gesellschaft keinen großen Wert zu legen.«

»O Mist, seit wann quatscht denn die Indianer-Mischpoke Deutsch?«

»Das ist doch … Mensch Wolf, das ist Paul, der Sohn von Dr. Zernott!«

›Wouf‹ hieß also Wolf. Paul, der verfolgte, wie Estéban das Boot vorsichtig beidrehte, schüttelte den Kopf. Wollte Joe wirklich mit diesem stoppelbärtigen Ekel die Zehn-Meter-Schlange suchen?

›Hoffentlich kommst du wieder heil nach Hause!‹, dachte er bei sich, nachdem er Joe zusammen mit Juanito ins Boot gezogen hatte.

Als die beiden Schiffbrüchigen schließlich nebeneinander in dem schmalen Indianerkanu hockten, steuerte Estéban das herrenlose Boot der beiden an.

Während Wolf mürrisch schwieg, wirkte Joe geradezu munter und gut gelaunt.

»Das nenne ich Glück, dass ihr gerade jetzt vorbeigekommen seid. Wir hatten gar keine Chance gegen die starke Strömung.«

»Was ist denn eigentlich passiert?«

»Weiß ich auch nicht richtig. Wolf muss am

Steuerruder eingeschlafen sein. Er ist geradewegs in einen umgestürzten Baum gefahren, der gute zehn Meter weit ins Wasser ragt. Ich hab in dem Moment mit meinem Fernglas das Ufer abgesucht – Anakondaverstecke, verstehst du? Dann gab es einen mächtigen Rums. Mein Fernglas ist im hohen Bogen ins Wasser geflogen, ich bin hinterhergeplumpst und Wolf ist rückwärts ins Wasser gekippt. Mann, ich hatte vielleicht Schiss. Von wegen Piranhas und so!«

Estéban und Juanito hatten gespannt zugehört und sahen jetzt Paul fragend an. Der übersetzte Joes Erzählung. Wolfs Gesicht wurde dabei noch eine Spur finsterer. Die beiden Indianer ersparten sich einen Kommentar. Stattdessen konzentrierten sie sich auf das Andockmanöver zum zweiten Boot, das sie inzwischen erreicht hatten.

Wenig später zogen die beiden Männer dank ihres stärkeren Motors langsam davon.

»Wir sehen uns im Camp Napo! Ich werd schon mal 'ne kalte Cola für dich bestellen!«, feixte Joe.

Paul musste sich eingestehen, dass er anfing, den Chaoten irgendwie sympathisch zu finden.

»Mach's gut, Johannes Cornelius Portländer der II. Und wenn ihr noch mal schwimmen gehen wollt, seht zu, dass euer Vergnügungsdampfer nicht so weit abtreibt!«

Während einiger Minuten waren das Tuckern des Motors und ein gelegentlicher Tierschrei aus den Tiefen des Waldes die einzigen Geräusche, die an Pauls Ohr drangen.

Schließlich war es Estéban, der das Schweigen brach.

»Joe Kinder-Mann, aber Joe gut. Wouf nicht gut.«

Paul war insgeheim froh, dass der Indianer ähnlich über den Anakondasucher dachte. Auch wenn er ihn offensichtlich für einen naiven Kindskopf hielt. Und was diesen Wolf betraf … am liebsten hätte er Joe die Schlangenjagd an der Seite eines so zwielichtigen Typen ausgeredet.

Die Fahrt von Puerto Misahuallì zum Camp Napo führte immer tiefer in den Dschungel hinein. Schon bald kam es Paul so vor, als säße er im Pelzmantel in einem Badezimmer, in dem jemand zu heiß geduscht hatte. Hemd und Hose klebten ihm am Leib, was nicht nur an den beiden heftigen Regengüssen lag, denen sie mitten auf dem Fluss schutzlos ausgeliefert gewesen waren.

Trotz allem ließ sich Paul nicht die Laune verderben. Er, Paul Zernott, zehn Jahre alt, war im

Amazonasdschungel – wie oft hatte er sich das gewünscht, während er atemlos den Reiseerzählungen seines Vaters gefolgt war. Sein Vater! Seit fast drei Monaten hatte er ihn nicht mehr gesehen – ein paar Stunden noch und sie würden einander in den Armen liegen!

Vertrautes Topfgeklapper

»Guck!« Juanito zeigte auf einen riesigen Baum, der beinahe vollständig von einer Würgefeige überwuchert wurde. »Dahinter macht der Fluss eine Schleife. Von dort kannst du das Camp sehen!«

Paul richtete sich kerzengrade auf. Obwohl er so müde war wie noch nie in seinem Leben, sehnte er sich nach seinem Vater. Und nach einem kühlen Getränk. Und nach einem Bett. In genau der Reihenfolge!

Als sie nur noch etwa fünfzig Meter von einem flachen Uferfelsen entfernt waren, sagte Estéban plötzlich: »Wouf und Kinder-Mann da!«

Das Boot der beiden ungleichen Anakondajäger lag neben einem altersschwachen Rieseneinbaum an einen Eisenring des Felsens vertäut. Gerade als Paul sich aufgerichtet hatte, um besser sehen zu können, stieß Estéban einen so lauten Vogelschrei aus, dass der Junge vor Schreck fast das Gleichgewicht verloren hätte. In einer hohen Baumgruppe erhoben sich einige Papageien kreischend in die Luft. In der

Ferne erklang ein unheimliches Brüllen. Und dann tobte auf einmal der Wald. Direkt neben ihnen, im Dickicht aus Lianen, Sträuchern und mannshohen Farnen tauchten die Köpfe von drei kleineren Kindern auf, die wild durcheinanderkrakeelten.

Der Trick der Würgefeige

Die Würgefeige beginnt ihr Leben als Aufsitzer.

Nach und nach umschließt sie den Wirtsbaum, beschattet und erwürgt ihn.

Der Wirt stirbt ab und die Feige nimmt seinen Platz ein.

Die Zahnlücke zwischen Estébans Schneidezähnen wurde in voller Länge sichtbar. Paul hatte ihn noch nie so gut gelaunt erlebt.

Auch Juanito lachte herzlich, als er Paul erklärte: »Das sind meine Brüder Manuel und Ramon und Consuela, meine Schwester! Ich sollte ihnen etwas aus Puerto Misahuallì mitbringen.«

Er öffnete einen ledernen Beutel, der vor ihm im Boot gelegen hatte, und rief einige für Paul unverständliche Worte. Jetzt sprangen die drei Kleinen hinter den Büschen hervor, während sich ihre Stimmen vor Begeisterung überschlugen. Juanito warf ihnen ein flaches Päckchen ans Ufer.

Aus dem zusammengefalteten Blatt einer Bananenstaude tauchten zwei glitzernde, bunte Haarspangen für das Mädchen auf und für die Jungen zwei neonfarbene Plastikscheiben, die Paul erstaunt als Jojos identifizierte.

Im Pflanzengewirr hin und her flitzend, begleiteten die Kinder das Boot auf den letzten Metern bis zum Anlegesteg. Estéban und Juanito waren kaum ausgestiegen, als sie schon von den drei Kleinen mit großem Getöse weggezogen wurden. Ehe Paul sich versah, war die Familie hinter einer Strauchgruppe verschwunden.

Als der Lärm verebbte, sah sich Paul um. Bis auf einen abgemagerten Hund, der sich ihm vorsichtig näherte, war weit und breit kein lebendes Wesen zu sehen. Pauls Magen verkrampfte sich, während er vergeblich mit den Tränen kämpfte.

»Ay Pablo, mein Kleiner, dann bin ich also doch zu spät!«

Paul traute seinen Ohren nicht. Hatte er soeben die Stimme seiner Großmutter gehört? Oma Esmeralda im Amazonasdschungel? Wahrscheinlich hatte er vor lauter Müdigkeit schon Halluzinationen. Die Stimme kam aus der Richtung der Häuser und wurde begleitet vom Rascheln einiger Zweige und einem pfeifenden Schnaufen.

Und dann stand sie wirklich vor ihm. Eine kleine, aber sehr breite und mollige Person, mit tiefschwarzen, zu einem dicken Zopf geflochtenen Haaren und milchkaffeebrauner, wettergegerbter Haut. Im nächsten Moment wurde es dunkel um den Jungen. Oma Esmeralda war wie eine Naturkraft über ihn gekommen. Abwechselnd drückte sie ihn an sich, küsste ihn, rieb seine Wangen zwischen ihren kleinen, kräftigen Händen. Nur um ihn dann wieder von sich wegzuschieben und von oben bis unten anzugucken.

»In einem Jahr schon wieder so viel gewachsen! Wenn das so weitergeht, holst du irgendwann deinen Vater ein.«

Paul war von der Aussicht, eines Tages zwei Meter und sieben Zentimeter groß zu sein, nicht gerade begeistert. ›Aber wenn, dann werde ich Basketballspieler in der NBA‹, dachte er. Er stellte sich den klapperdürren ›Doctor Ceñoto‹ vor, der jetzt vermutlich irgendwo auf Schlangenjagd war, und musste lächeln.

»Was stehen wir hier noch herum? Du hast doch bestimmt Hunger nach der langen Reise!«

Das war keine Frage, sondern der Befehl, sich in Marsch zu setzen.

Esmeralda Maria Dolores Sanchez ließ es nicht zu, dass ihr Enkel die schwere Tasche trug. Seite an Seite näherten sie sich dem Camp, das wie ausgestorben in der jetzt schnell hereinbrechenden Dunkelheit lag.

Camp Napo bestand aus einer Reihe flacher, lang gestreckter Betongebäude, die mit Wellblechdächern gedeckt waren. Vor einem der kleineren Gebäude machte Oma Esmeralda halt, öffnete die Aluminiumtür und trat ein.

Der Geruch, der Paul schon auf der Schwelle in

die Nase stieg, war ihm wohlvertraut. Der Anblick der winzigen Küche auch. Denn wann immer die kleine mexikanische Meisterköchin in Frankfurt zu Besuch kam, wurde aus der wohlgeordneten blitzsauberen Küche seiner Mutter ein Schlachtfeld der Köstlichkeiten. Auch hier waren Töpfe, Schalen, Pfannen und Teller voller Tortillas, Enchiladas und Jalapeños auf den Schränken, Tischen und Stühlen verteilt, sodass Paul sich wie in einem Porzellanladen bewegte, um bloß nichts herunterzustoßen.

Als sein Blick weiter durch den kleinen Raum wanderte, fiel ihm ein gerahmtes Foto auf, das an der Wand gleich gegenüber dem Esstisch hing. Es zeigte seine Mutter, die kleine Anna und ihn und war kurz vor der Abreise seines Vaters in einem Fotostudio aufgenommen worden.

»Wo ist Papa denn eigentlich?«

»Ach, mein Junge. Du kennst doch deinen Vater. Wenn er auf Schlangenjagd ist, bleibt seine Uhr stehen! Eigentlich wollte er heute Mittag wieder da sein. Aber Gott allein weiß, wann er zurück sein wird. «

O ja, Paul wusste nur zu gut, dass seine Oma recht hatte. Wenn sein Vater eine Sache erst einmal angefangen hatte, dann brachte er sie auch zu Ende. Essen? Schlafen? Das kannte er dann gar nicht. An manchen Tagen in Frankfurt war Paul sich morgens nicht sicher: Sitzt Papa jetzt schon wieder vor dem Computer und arbeitet, oder noch immer?

Eine Weile dachte Paul an zu Hause. Und an seine Mutter. Aber das Topfgeklapper von Oma Esmeralda brachte ihn wieder in die Gegenwart zurück. Er sprang auf, fischte sich eine Tortilla vom Teller, stopfte sie mit einem Haps in den Mund und legte der kleinen Frau seine fettige Hand auf die Schulter.

»Jetzt sag aber endlich. Was machst du denn eigentlich hier?«

Oma Esmeralda wischte sich die Hände an ihrer Schürze ab und gab ihm noch einmal einen dicken Schmatz.

»Na, was wohl? Dich wollte ich sehen. Wenn du schon einmal in Südamerika bist, dann setzt sich deine alte Oma eben in den Flieger und … « Sie ließ ihre kleine Hand wie ein Flugzeug abheben und imitierte mit lustigen Geräuschen einen Düsenjet. »Außerdem – wer sollte dich sonst hier verpflegen? Dein Vater interessiert sich fürs Essen wie der Hahn fürs Eierlegen!«

Pauls erster Abend im Camp Napo ging in die Geschichte ein. Er konnte sich nicht erinnern, in seinem Leben jemals so viel gegessen zu haben! Der lange Flug und die Flussfahrt hatten ihn hungrig gemacht. Und die Kochkünste seiner Oma machten ihm Appetit. Dabei erzählte er ihr zwischen zwei Bissen kreuz und quer alles, was ihm gerade einfiel, während die kleine Mexikanerin ununterbrochen »Aahhh, si! Aahhh, si!« rief und dabei seinen Teller nie leer werden ließ. Als sie schließlich ihren Stuhl neben seinen schob und sich daraufsetzte, lehnte Paul seinen Kopf an ihre Schulter und schlief auf der Stelle ein.

Giftschlangen!

Als er am anderen Morgen aufwachte, hatte Paul keinen blassen Schimmer, wo er sich befand oder wie er hierhergekommen war. Er lag in einem angenehm weichen Bett. Über ihm an der Decke surrte ein Ventilator und draußen vor dem Fenster krähte ein heiserer Hahn. Das fröhliche Singen aus dem Raum nebenan brachte seine Erinnerung zurück. Er war im Camp Napo. Hatte einen Freund gefunden und seine Oma wiedergesehen – der neue Tag fühlte sich an wie Weihnachten oder Geburtstag. Nur schöner.

Als Paul eine Stunde später die Aluminiumtür aufgestoßen und einen ersten Blick auf das morgendliche Camp geworfen hatte, löste sich ein Schatten unter dem großen Baum, der ganz in der Nähe stand. Juanito! Der Indianer hatte sein Äffchen auf der Schulter und strahlte ihn an.

»Hallo Pablo, ausgeschlafen?«

»Ja, auuuusgeschlafen.« Pauls Antwort war zur Hälfte in lautem Gähnen untergegangen. Beide Jungen mussten lachen.

»Zeigst du mir das Camp?«

»Gerne. Und danach gehen wir fischen. Ich habe Schnur und Haken dabei.«

Juanito hielt ein Bündel und einen kurzen spitzen Stock hoch. Von einer Angel, wie Paul sie kannte, war allerdings weit und breit nichts zu sehen.

Dann liefen sie los. Bevor Juanito die Türklinke zu einem der Gebäude herunterdrückte, ließ er das Äffchen auf seine hingehaltene Hand und dann auf den Boden springen.

»Lauf nach Hause, wir gehen zu den Schlangen und zu den Pferden.«

»Pferde?«

Natürlich! Für einen Moment hatte Paul vergessen, dass das Camp der wichtigste Außenposten der Ecuadorianischen Serumstation war. Hier wurden beinahe die Hälfte aller Gegengifte des Landes hergestellt. Sein Vater, ein weltweit anerkannter Giftschlangenexperte, war für ein Jahr zum wissenschaftlichen Leiter des Camps ernannt worden.

Als Juanito die Sicherheitstür zu den Schlangenterrarien entriegelt hatte und Paul an ihm vorbei in den dämmrigen Raum getreten war, kam ihm alles sehr vertraut vor. So ähnlich wie hier sah es auch am Arbeitsplatz seines Vaters im Senckenbergmuseum aus. In über siebzig Glasbecken waren einige der giftigsten Schlangen der Amazonasregion versammelt. Der Junge konnte den kantigen Kopf des Buschmeisters erkennen, einige ringelbunte Korallenottern und die Shishin Mango, eine kletternde, grüne Lanzenotter.

Während Paul neugierig an den Terrarien vorbeischlenderte und dabei manchmal an die Scheiben klopfte, bewegte sich Juanito stocksteif durch die Mitte des langen Raumes auf den Ausgang gegenüber zu. Er wurde immer unruhiger und zog seinen Freund schließlich am Ärmel nach draußen.

Terrarium der Boa constrictor

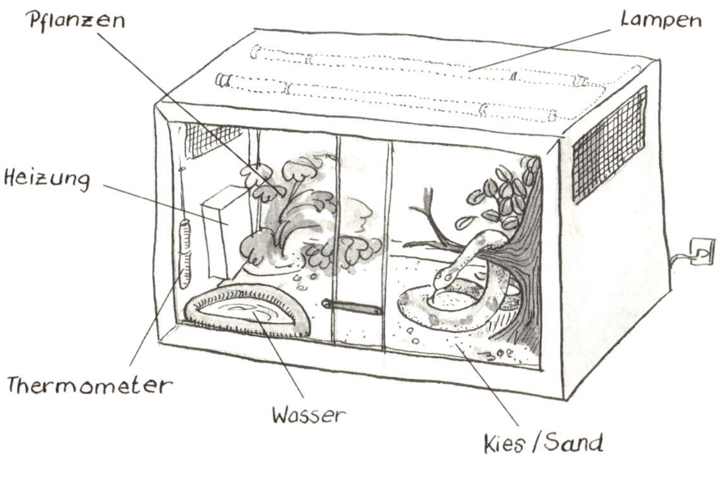

»Gehen wir in den Stall!«

Der Pferdestall war das höchste Gebäude des Camps und lag dem Schlangenhaus genau gegenüber. Der Eingang war eine Doppeltür, die wie eine Schleuse funktionierte. Dort drinnen war es noch einmal um einige Grad wärmer und auch schwüler als in den anderen Gebäuden. Paul zählte fünf schwere Tiere, die den unverwechselbaren Pferdegeruch ausdampften, der überall auf der Welt gleich roch.

»Ay Santiago, ay Dolores.«

Juanito war wie ausgewechselt. Hier fühlte er sich offensichtlich wohl, denn er stand zwischen zwei Pferden und strich ihnen kräftig über das Fell. Auch Pauls Augen leuchteten. Während er einem Schwarzbraunen die Hand unter die Nüstern hielt und freundlich mit ihm sprach, sah er sich in dem merkwürdigen Stall um.

Trotz der Pferdeboxen und dem eingestreuten Stroh fühlte Paul sich an ein Krankenhaus erinnert. Glatter Estrichboden. Blitzblank geputzte Betonwände. Hell leuchtende, spinnwebfreie Lampen an der Decke. Und vor allem: Es war keine einzige Fliege oder Bremse zu sehen. Was an den straff gespannten Moskitonetzen vor den Fenstern lag und natürlich an der Schleuse, durch die sie den Raum betreten hatten. Der Stall musste so sauber sein, das wusste Paul. Schließlich wurde den Pferden Schlangengift in die Blutbahnen injiziert, um daraus Serum herzustellen. Ohne Krankheitserreger!

Nach einer Weile wurde es den Jungen zu warm. Sie sahen einander an, nickten sich kurz zu und verschwanden dann wieder nach draußen.

Melken einer Giftschlange

Zur Herstellung von Schlangenseren werden die Giftschlangen in Terrarien gehalten und regelmäßig gemolken. Anschließend immunisiert man Pferde durch regelmäßige Injektionen einer kleineren Dosis Schlangengift. Schließlich werden die Gift-Antikörper aus dem Blut der Pferde isoliert und zu Serum verarbeitet. Damit lassen sich Giftschlangenbisse am wirksamsten behandeln und Leben retten.

Ohne rechtes Ziel bummelten sie die wenigen staubigen Pfade des Camps entlang. Wieder breitete sich angenehmes Schweigen zwischen ihnen aus.

Als sie sich dem Mangobaum im Zentrum des Camps näherten, hatte Paul auf einmal das merkwürdige Gefühl, beobachtet zu werden. Er sah sich in alle Richtungen um, doch da war niemand.

Der kühle Baumschatten zog die beiden Jungen an. Wenige Meter von der Sitzbank entfernt, die den mächtigen Stamm umgab, stieß Juanito Paul in die Seite: »Guck, wer da ist!«

Paul zuckte zusammen, als er den regungslos dasitzenden Dschungelführer erkannte. Das Gesicht fast vollständig vom Schirm seiner fleckigen Kappe verdeckt, die mageren Beine ausgestreckt und übereinandergelegt, lag Wolf mehr, als dass er saß.

›Fehlt nur noch, dass er laut schnarcht‹, dachte Paul.

Als die beiden Jungen nur noch wenige Meter von der Bank entfernt waren, kam Bewegung in den Mann. Er richtete sich mit katzenhaft geschmeidigen Bewegungen auf, schob die Kappe in den Nacken und öffnete die Augen. Der Anblick der Kinder schien ihn nicht sonderlich zu überraschen. Er sah durch sie hindurch, als wären sie Luft.

Gerade als Juanito und Paul an ihm vorbei zur anderen Seite des Stamms gingen, machte Wolfs rechte Hand eine schnelle Bewegung an den Gürtel. Im nächsten Moment blitzte ein gewaltiges Buschmesser in seiner Hand auf. Während er den Griff lässig zwischen Daumen und Zeigefinger drehte, grinste er die erschrockenen Jungen an. Dann schob er die Kappe zurück in die Stirn, fläzte sich erneut auf die Bank und begann, mit der Messerspitze die tiefschwarzen Fingernägel zu säubern.

Die Jungen sahen einander befremdet an und wollten sich gerade setzen, als jemand laut und deutlich ihre Namen rief: »Hey, Paul, Juanito!«

Es war Joe. Er stürmte auf sie zu und wäre dabei fast über seine eigenen Beine gestolpert. Denn er versuchte, im Laufen sein Kakihemd in den Hosenbund zu stopfen, während zugleich die langen Schnürsenkel seiner Trekkingstiefel unverknotet über den Boden schleiften und sein nagelneues Buschmesser am Gürtel zwischen seinen Beinen schlackerte.

Schwer atmend blieb er schließlich vor den beiden stehen und strahlte sie an, als wären sie seit Jahren die besten Freunde.

Während Juanito die Augen rollte, musste Paul das Lächeln des Chaoten erwidern.

»Wo kommst du denn her? Habt ihr im Camp übernachtet?«

»Jep! Ist nicht gerade ein Fünf-Sterne-Hotel, aber nach einem Tag im Boot und einem unfreiwilligen Bad im Fluss ganz okay!«

Paul sah auf seine Uhr. Es war inzwischen beinahe halb elf.

»Bist 'n bisschen spät dran, wenn du auf Anakondajagd gehen willst, oder?«

»Hab ich ja noch gar nicht vor. Solange dein Vater unterwegs ist, warten wir im Camp auf ihn. Wir brauchen ein, zwei Leute, ein zweites Boot und 'ne ganze Menge Equipment!«

»Na, ich weiß nicht …«, setzte Paul an, biss sich aber auf die Zunge. Er kannte seinen Vater und konnte sich beim besten Willen nicht vorstellen, dass der zu Joes Unternehmung auch nur einen Zahnstocher beisteuern würde.

Der Anakondajäger hatte zum Glück nichts von Pauls Skepsis bemerkt. Er plapperte munter drauflos. Während Paul so tat, als würde ihn die Suche nach der Rekordschlange wirklich interessieren, sah Wolf gelangweilt zu Boden. Juanito dagegen wirkte regelrecht grimmig.

»Komm«, flüsterte er Paul zu, »lass uns von hier

verschwinden, ich kann seine Angeberei nicht mehr hören!«

Paul nickte und wartete bis Joe irgendwann Luft holen musste.

»Ähm, Joe, Juanito und ich waren gerade auf dem Weg runter zum Fluss, weißt du, wir wollen angeln. Vielleicht kannst du uns später den Rest erzählen. Okay?«

»Angeln? Super. Ich komm mit. Mir ist sowieso tierisch langweilig in dem Kaff!«

Was sollten sie machen? Paul fiel kein einziger Grund ein, warum Joe nicht mitkommen sollte. Als er verstohlen zu Juanito hinübersah, musste er fast grinsen. So ein wütendes Gesicht hatte er schon lange nicht mehr gesehen.

›Wenn jetzt jemand ein Streichholz entzündet, explodiert er!‹

Sauer wie er war, stapfte Juanito dann auch einfach los, ohne Joe eines Blickes zu würdigen. Paul beeilte sich, mit ihm Schritt zu halten. Auch der Anakondajäger stolperte eilig hinterher. Während sie liefen, überlegte Paul, womit Juanito wohl ködern würde. Er selbst hatte schon mit seinem Großvater in Deutschland geangelt. Aber Fliegenmaden und Regenwürmer aus dem Kühlschrank des Angelgeschäftes dürften hier eher schwer zu bekommen sein.

Die Antwort auf seine Frage kam prompt.

»Halt mal einen Moment!«

Juanito drückte ihm das Bündel aus Schnüren und Haken in die Hand und stocherte mit seinem Stock im fauligen Strunk einer Palme herum, der einige Schritte abseits des Weges lag. Neugierig blickten Paul und Joe ihm dabei über die Schulter. In nicht einmal fünf Minuten hatte der Indianerjunge eine Handvoll dicker, weißer Larven aus dem zerfallenden Holz herausgepult und in das tischtennisschläger-große Blatt einer Kletterpflanze eingeschlagen.

»Das wird reichen. Sobald wir damit den ersten Fisch rausgezogen haben, brauchen wir uns um Köder ohnehin keine Gedanken mehr zu machen!«

Gefährlicher Ausflug

Statt den direkten Weg zum Fluss hinunter zu nehmen, führte Juanito sie auf einen Pfad oberhalb des Wassers. Die Sonne stand steil über ihnen und die niedrigen Palmen, Farne und Sträucher boten kaum Schatten. Paul und Joe rann der Schweiß aus allen Poren. Ohne rechts und links zu gucken, taperten sie dem Indianerjungen einfach hinterher.

Nach ein paar anstrengenden Minuten blieb Juanito stehen und zeigte mit seinem Stock rechts vom Weg auf einen steilen, locker bewachsenen Hang, über dem die hohen Wipfel des Waldes aufragten.

»Hier hoch, dann können wir ein ganzes Stück abkürzen. Außerdem ist es im Wald etwas kühler.«

Schatten! Paul atmete auf. Er konnte es kaum erwarten, endlich aus dem gleißenden Licht und der glutheißen Sonne herauszukommen. Plötzlich hörte er hinter sich Joe keuchen und drehte sich um. Statt weiter in einer Reihe mit Juanito und ihm zu laufen, suchte er sich einen Weg weiter rechts, um aufzu-

Gefahren im Dschungel

Jaguar

Die drittgrößte Raubkatze der Welt. Ein Lauerjäger, dem man außerhalb des Zoos besser nicht begegnet.

Pekari

Wer die Wut einer Rotte Pekaris auf sich zieht, sollte das Weite suchen. Vor ihren Hauern hat sogar der Jaguar Respekt.

Bananenspinne

Sie zählt zu den giftigsten und aggressivsten Spinnen der Welt, manchmal reisen sie per Bananenfrachter bis in die Häfen Europas.

Skorpion

Das Gift einiger Skorpione ist tödlich. Hohe, feste Schuhe und eine Portion Vorsicht, wenn man am Boden hantiert, sind angeraten.

Sie ernährt sich von Säugetierblut. Auch von unserem. Gefährlich ist sie vor allem als Überträgerin der Tollwut.

Moskito

Ihre Stiche sind nicht nur unangenehm. Die tropischen Stechmücken übertragen gefährliche Krankheiten wie Gelbfieber oder Malaria.

schließen und so schnell wie möglich in den Schatten zu kommen.

Jetzt hatte auch Juanito das Überholmanöver bemerkt.

»Stopp! Bleib genau hinter uns. Die Bäume sind voller Feuerameisen. Nein, nicht anfass...!«

Die Warnung kam zu spät. Joe hatte schon einen Ast ergriffen, um sich daran den Hügel hochzuziehen. Für die beiden Freunde sah es so aus, als hätte er mit bloßen Händen einen glühenden Scheit berührt. Auf Joes Gesicht breitete sich pures Entsetzen aus. Er ließ den Ast los und machte zwei, drei schnelle Schritte. Dabei stolperte er und wäre gestürzt, hätte er nicht im letzten Moment eine der Lianen zu fassen bekommen, die hier überall in den Bäumen hingen.

»Nicht daran festhalten!«, schrie Juanito.

»Auaaa! Verfl...!«

Der Anakondajäger ließ die Liane so schnell los, wie er sie berührt hatte. Der Griff in eine Stacheldrahtrolle hätte nicht schmerzhafter sein können. Die rundherum wachsenden scharfen Haken der Kletterpflanze hatten sich in seine rechte Hand gedrückt. Aus mehreren Stellen tropfte bereits Blut. Das alles bekam Joe aber noch gar nicht richtig mit. Stattdessen purzelte er den Hang hinunter, bis er endlich am Fuß eines großblättrigen Strauches liegen blieb.

Juanito eilte ihm zu Hilfe, stockte aber mitten in der Bewegung.

»O nein, eine Pitalala! Nicht bewegen, Joe! Hast du gehört!»

Joe erstarrte. Das Entsetzen in Juanitos Stimme war auf ihn übergesprungen.

Auch Paul begriff sofort. Irgendetwas, das gefährlicher war als Feuerameisen oder Stacheldrahtlianen, bedrohte Joe. Als er Juanitos Blick folgte, stieg Panik in ihm auf.

»Eine Lanzenotter. Direkt vor deinem Fuß.«

Joe konnte die Schlange nicht sehen, wagte aber auch nicht, seinen Kopf in ihre Richtung zu drehen.

Paul schielte zu Juanito hinüber. Hinter der Stirn des Indianerjungen schienen sich die Gedanken zu überschlagen. Die Schlange sah aus, als würde sie jeden Moment zustoßen.

Was dann geschah, war ein echtes Wunder. Paul und Juanito sahen gleichzeitig eine zweite, etwas größere Schlange neben dem Strauch auftauchen. Ihr eleganter, lackschwarzer Leib schoss aus dem Pflanzengewirr heraus, auf die Lanzenotter zu.

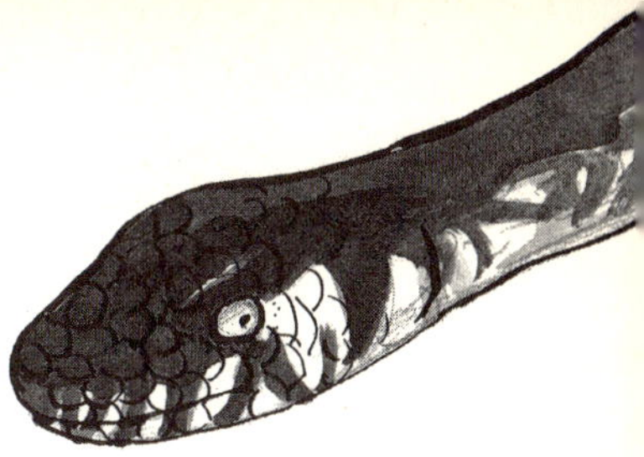

»Eine Chonta«, hauchte Juanito.

Paul hätte beinahe laut aufgejauchzt. Die Chonta – die berühmte Giftschlangenjägerin. Sein Vater hatte ihm von dem Exemplar des Dr. Bücherl am Instituto Butantan in Brasilien erzählt und von ihren siegreichen Kämpfen mit den giftigsten Schlangen des Amazonas.

Nur Joe wusste immer noch nicht, was eigentlich genau um ihn herum geschah. Seine Nerven schienen zum Zerreißen gespannt.

»Die Lanzenotter ist von einer anderen Schlange angegriffen worden. Sie hat sie im Genick gepackt. Roll dich zur Seite. Jetzt!«, rief ihm Paul leise zu.

Joe zögerte keine Sekunde. Mit einer schnellen Drehung brachte er sich in Sicherheit und wandte sich dann keuchend dem Kampf der beiden Tiere zu. Die Chonta hatte sich vollständig um die Giftschlange gewunden und deren Kopf noch immer fest zwischen ihren Kiefern gepackt.

In sicherer Entfernung begann Joe auf einmal am ganzen Leib zu zittern. Sogar seine Zähne klapperten. Zuerst die Feuerameisen, dann der Griff in die Stachelliane und jetzt die tödliche Bedrohung durch die Schlange – das war mehr, als er verkraften konnte.

Selbst Juanito schien auf einmal Mitleid mit dem Anakondasucher zu haben.

»Was machen die Ameisenbisse? Sollen wir umkehren?«

Joe nickte. Dann schüttelte er den Kopf. Dann nickte er wieder, brachte aber keinen Ton heraus. Erst der erneut heftig einsetzende Schmerz ließ ihn den Schock langsam überwinden.

»Wie lange hält das an?«

»Sehr lange. Stunden. Aber es gibt eine Beere, die den Schmerz lindert. Ich kenne eine Stelle, ein Stück weiter in den Wald rein, wo sie wachsen. Ihr setzt euch oben in den Schatten und wartet auf mich.«

Die beiden Dschungel-Neulinge sahen Juanito hinterher, der auf seinen nackten Füßen erstaunlich schnell vorwärtskam. Schon bald war er zwischen den dicken Baumstämmen nicht mehr zu sehen. Dann liefen auch sie los.

Im Schatten der Baumriesen war es tatsächlich kühler. Außerdem schien es Paul, als hätte jemand den Dschungel extra für sie aufgeräumt. Bis auf die Luft- und Brettwurzeln der Bäume, die herabhängenden Schlingen der Lianen und eine dürftige

Krautschicht war der Platz zwischen den großen und kleinen Stämmen erstaunlich gut begehbar.

Nach ungefähr hundert Metern ließen sie sich am Fuß eines der mächtigsten Stämme nieder – nachdem sie den Boden zuvor gründlich nach Ameisen, Skorpionen und anderen unangenehmen Überraschungen abgesucht hatten.

»Wo bleibt Juanito mit den Beeren? Ich halte das nicht mehr aus.«

»Er ist bestimmt jeden Moment zurück.«

Nach einer knappen halben Stunde war Joe wieder ein wenig mit sich und der Welt versöhnt. Juanito hatte nicht zu viel versprochen. Der Beerenbrei auf seinem Arm brachte sofort Linderung. Das Fruchtfleisch war blassrot und fühlte sich wie ein leicht kühlendes Gel an, das den Schmerz zugleich betäubte.

»Cool! So einen Strauch bräuchten wir auch bei uns zu Hause. Auf die meisten anderen Sachen hier kann ich allerdings gut verzichten!«

»Und was ist mit Angeln? Kommst du nun mit oder nicht?« Paul wurde langsam ungeduldig und wollte aufbrechen.

»Klar«, antwortete Joe. »Noch schlimmer kann's ja wohl nicht werden, oder?«

Juanito wendete sich ab und rollte die Augen: ›Hast du eine Ahnung‹, schien er sagen zu wollen. Dann ging er mit schnellen Schritten einfach los. Den beiden blieb nichts anderes übrig, als ihm unverzüglich hinterherzulaufen.

»Dort vorne«, grummelte Juanito etwas später kaum hörbar, »das alte Bachbett. Wenn wir dem folgen, sind wir in zehn Minuten an meinem Angelplatz.«

Und wirklich, es dauerte nicht mehr lange und sie standen am Rande einer lagunenartig ausgewaschenen Bucht des Rio Napo. Paul verstand sofort, warum der Indianerjunge ausgerechnet hier angeln wollte. Der Fluss hatte sich auf dieser Seite ein flaches, sanft geschwungenes sandiges Ufer geschaffen, das leicht zugänglich war. Das Beste aber war ein umgestürzter Baum, dessen langer gerader Stamm wie ein Steg weit ins Wasser ragte. Es war der perfekte Angelplatz.

›Opa würde zwischen den untergetauchten Ästen auf Hechte angeln‹, dachte Paul. ›Mal sehen, was der Rio Napo zu bieten hat.‹

Während er einen Moment lang an Deutschland und an seine Mutter dachte, hörte er es neben sich platschen.

»Hey, ich dachte, wir wollten angeln?«

Juanito lachte. Er hatte seine Angelsachen auf dem Stamm abgelegt und war gerade dabei, ins tiefe Wasser zu waten.

»Wenn ich hierherkomme, gehe ich immer zuerst baden. Mit einem Arm voller Fische ist das nachher nicht mehr so toll. Kommt rein. Oder habt ihr Angst?«

Während Joe erstarrte und keinerlei Anstalten machte, auch nur mit den Füßen ins Wasser zu gehen, erschien auf Pauls Gesicht ein gequältes Lächeln.

»Ich? Angst? Überhaupt nicht.«

»Worauf wartest du dann? Oder bringen sie euch in Deutschland nicht das Schwimmen bei?«

Das ließ sich Paul nicht zweimal sagen. Immerhin hatte er im letzten Winter sein silbernes Schwimmabzeichen gemacht. Er konnte sogar kraulen.

Nur noch mit der Unterhose bekleidet, war Paul in wenigen Sekunden startklar. Darauf gefasst, auf irgendetwas Glitschiges, Matschiges zu treten, setzte Paul vorsichtig Fuß für Fuß in den weichen Schlamm.

»Nicht so! Du musst durch den Schlick schlurfen. Wenn du wie ein Ibis stakst, trittst du irgendwann auf einen Stachelrochen. Gegen diesen Schmerz ist der Biss der Feuerameise wie ein leichtes Streicheln.«

Paul erstarrte. Stachelrochen? Gefährliche Tiere hatten sie heute eigentlich genug gesehen. Aber da musste er jetzt durch. Langsam schlurfte er ins Tiefe und probierte es dann mit ein paar vorsichtigen Schwimmbewegungen. Er war überrascht. Denn obwohl das Wasser sicherlich über 25 Grad warm war, fühlte er sich nach einigen Minuten angenehm erfrischt. Trotzdem war er froh, als Juanito zurück zum Ufer glitt und die Schwimmstunde für beendet erklärte.

»Helft mir mit den Schnüren.«

Jetzt war endlich Angelzeit! Juanito hatte Paul und Joe jeweils eine Schnur samt Stahlvorfach und Haken in die Hand gedrückt und einen kurzen, harten Stock von dem umgestürzten Baum geschnitten.

»Knotet die Schnur in der Mitte fest und zieht eine Made auf den Haken. Aber nur halb, sie muss sich noch bewegen können.«

Die dicke weiße Larve hatte eine harte Außenhaut. Paul hatte keine Schwierigkeiten, sie auf den Angelhaken zu spießen. Er spürte, wie ihn das Jagdfieber packte. Auch Joe wurde jetzt wieder munter.

»Lasst den Köder mit der Strömung treiben. Aber

aufpassen, sonst reißen die Burschen euch den Stock samt Schnur und Haken aus den Händen.«

›Schön wär's‹, dachte Paul und erinnerte sich an viele Angeltage ohne einen einzigen Biss.

»Oh. Verdammt.« Joe starrte ins Wasser. Mit einem leisen ›Platsch‹ war soeben sein Angelstock in den trüben Tiefen des Rio Napo verschwunden. Juanitos Augen sprühten Blitze.

Auch Paul wurde mit einem Schlag hellwach. Seine Schnur spannte sich bis zum Zerreißen. Der Ruck hätte ihn beinahe vom Baumstamm gezogen. Zwei Meter von ihnen entfernt rumorte es gewaltig unter der Wasseroberfläche. Auch Juanito hatte einen Fisch am Haken und begann, seine Schnur aufzuwickeln. Paul war eine Idee schneller. Doch gerade als er den wild das Wasser peitschenden, rotschwarz schillernden Fisch am Vorfach aus dem Fluss ziehen wollte, hielt Juanito seinen Arm zurück.

»Warte. Nicht so tief anfassen, wenn du alle zehn Finger behalten willst!«

Paul schrak zurück. Als er schließlich sah, was er da gerade aus dem Wasser zog, wurde ihm leicht schwindelig.

»Sind das nicht … das sind doch … Piranhas. Oder!?«

»Ja, genau. Wieso?«

»Öm, haben wir gerade etwa in einer Piranhabucht gebadet? Ich meine … wusstest du, dass hier Piranhas sind?«

»Klar. Ohne Piranhas im Wasser keine gegrillten Piranhas am Feuer, nicht wahr?«

»Ja, schon. Aber ich wusste ja gar nicht, dass wir … also wie soll ich sagen, es gibt ja auch noch andere Fische.«

»Aber keine, die sich so blind auf alles stürzen, was halbwegs nach Fleisch riecht.«

Die Tiere der Amazonasflüsse

Riesenotter

Neonsalmler

Matamata Schildkröte

»Und wir riechen wie Lakritzbonbons, oder was?«

Juanito sah Paul fragend an, aber der hatte keine Lust, ihm Nachhilfeunterricht in Sachen Süßigkeiten zu geben.

»Mensch, wir hätten tot sein können!«

Für einen Moment sah es so aus, als würde Juanito wieder loslachen. Doch dann holte er tief Luft und beruhigte den Amazonas-Neuling.

»Solange du in Bewegung bleibst und nicht blutest, tun sie dir nichts. Es sei denn, sie haben fürchterlichen Hunger!«

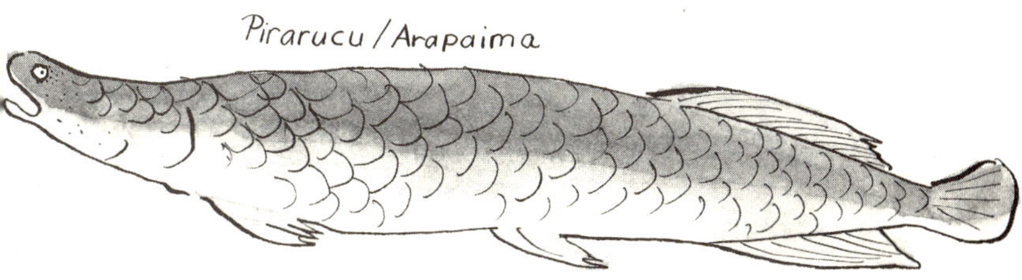

»Na, dann haben wir wohl Glück gehabt. Wahrscheinlich waren die Jungs gerade erst Currywurst essen!«

Waren sie aber wohl doch nicht. Denn die Raubfische mit den scharfen Zähnen schlangen die beköderten Angelhaken mit einer Gier in ihren Schlund, als hätten sie eine lange Fastenkur hinter sich. Für die zwei Dutzend stattlichen Fische, die sie am Ende als Jagdbeute auf Bambusstäbe gespießt über der Schulter trugen, hatten die beiden Jungen kaum mehr als eine Stunde gebraucht. Selbst Joe, dem Paul voller Mitleid am Ende sein Angelzeug überlassen hatte, war nach fünf gelandeten Piranhas stolz wie Oskar.

Gerade als sie sich auf den Weg zurück zum Camp gemacht hatten, legte Juanito den Finger auf die Lippen.

»Pssschscht!«

Ein Fest für Paul

Paul und Joe erstarrten und sahen sich erschrocken nach allen Seiten um. Vor lauter Angelfieber hatten sie die Schrecken des Hinwegs schon wieder vergessen gehabt.

»Drei Bootsmotoren: Doctor Ceñoto und die Männer vom Camp!«, verkündete Juanito.

Pauls Herz machte einen kleinen Hüpfer. Er folgte Juanitos ausgestrecktem Finger flussabwärts, konnte aber weder etwas hören, geschweige denn sehen. Juanito musste unglaublich gute Ohren haben. Erst eine ganze Weile später hörten auch Paul und Joe das unregelmäßige Tuckern der Bootsmotoren. Und dann endlich waren sie zu sehen: Drei große Einbäume, besetzt mit jeweils zwei Männern, hielten in Flussmitte auf die Bucht zu.

Wie es aussah, waren auch die drei Angler bereits entdeckt worden, denn die Bootsbesatzungen sahen zu ihnen herüber.

Vor allem eine Silhouette stach aus allen anderen heraus. Am Bug des vorderen Bootes saß eine unglaublich lange, dürre Gestalt. Einen Schlapphut auf dem Kopf, ein Fernglas vor den Augen, sah der Mann in ihre Richtung. Auf einmal kam Leben in den Riesen. Wie Windmühlenflügel, die nicht mehr wissen, in welche Richtung sie sich drehen sollen, schwenkte er seine dünnen Arme und rief: »Paul! Junge! Paul! Hey, Leute, seht mal, das ist mein Sohn Pablo. Seht ihr ihn?«

Mit wilden Gesten trieb Dr. Zernott den Mann am Steuer an, das Boot geradewegs in die Angelbucht zu steuern. Kaum waren sie in flacherem Wasser angekommen, kletterte er aus dem Einbaum an Land und öffnete seine langen, von unzähligen Moskitos zerstochenen Arme. Paul warf sich ihm entgegen. Eine Weile standen sie da, ohne sich zu rühren. Sein Vater hatte sich ungelenk tief zu ihm heruntergebeugt, während Paul auf Zehenspitzen balancierte, um seine Arme um die dürren Schultern seines Vaters zu legen.

»Du kratzt!«

»Oh, entschuldige.«

Pauls Vater strich sich verlegen über den stoppeligen Dschungelbart. Dann strahlte er wieder wie ein kleines Kind und streichelte seinem Sohn über das Haar.

»Du bist also schon da! Natürlich. Aber so war das

eigentlich nicht geplant. Wir wollten schon vor zwei Tagen wieder im Camp sein und …«

Paul half ihm über die Verlegenheit hinweg: »Ist doch nicht schlimm. Dafür hab ich Juanito und seinen Vater kennengelernt. Und als ich im Camp ankam, hat mich Oma Esmeralda empfangen. Das war vielleicht eine coole Überraschung!«

Während das Boot wieder ablegte, gingen die Zernotts, Juanito und Joe zu Fuß zurück zum Camp. Sehr bald redete nur noch einer: Paul. Denn sein Vater wollte alles auf einmal wissen. Wie es zu Hause stehe. Wie der Flug über den Atlantik gewesen war. Pauls Ankunft in Puerto Misahuallì. Die Fahrt über den Fluss und seine erste Nacht im Camp. Allerdings hörte der lange Schlangenforscher gar nicht richtig hin, so sehr war er vom Anblick seines Sohnes entzückt. Als er in seinem Bericht den Anakondasucher erwähnte und dabei auf Joe wies, war der Biologe ein wenig verwirrt.

»Ah, so. Ah ja, stimmt, ich habe mich schon gefragt, wer … wie war Ihr Name, Joe …?«

Es sah aus, als hätte der Angesprochene nur darauf gewartet, endlich loslegen zu können.

»Ich heiße Johannes Cornelius Portländer der II. und bin auf der Suche nach einer …«

»Portländer sagen Sie? Mir scheint, ich kenne jemanden, der auch so heißt. Warten Sie mal … Portländer, Portländer …?«, unterbrach ihn Pauls Vater.

Joe war verblüfft. Dr. Zernott erstarrte keineswegs vor Ehrfurcht bei der Erwähnung dieses Namens, er wusste nicht einmal, dass einer seiner Vorgesetzten so hieß!

»Mein Onkel ist im Vorstand des Museumsvereins. Und ich bin hier, weil er gesagt hat, dass Sie mir helfen sollen.«

Dr. Zernott schien ein wenig überrascht und musterte Joe von oben bis unten.

»Helfen? Wobei?«

»Bei der Suche nach der Zehn-Meter-Anakonda!«

»Sagen Sie nicht, es geht um den Roosevelt-Preis? Sie glauben doch nicht im Ernst, dass ich für diesen Unsinn meine Zeit opfere, oder?«

»Aber … «, Joe traute seinen Ohren nicht. »Mein Onkel hat …«

»Ihr Onkel? Wenn ich nicht irre, weiß auch Ihr werter Herr Onkel, dass ich die wissenschaftliche Leitung des Camps habe. Und ich gedenke diese Leitung auch weiterhin verantwortungsvoll auszuüben. Für die Suche nach einer Phantomschlange werde ich Ihnen weder Leute noch Material zur Verfügung stellen können. Unter keinen Umständen. Niemals. Selbst dann nicht, wenn Sie Napoleon wären oder der Großmogul von Indien oder ... ach was weiß ich!«

Die Luft knisterte vor Spannung. Während Joe sprachlos nach Luft schnappte und Juanito sich am liebsten in Luft aufgelöst hätte, musste Paul ein gigantisches Grinsen unterdrücken. Denn obwohl er ein wenig Mitleid mit Joe hatte, war er zugleich wahnsinnig stolz auf seinen Vater: Dr. Michael Zernott war der mutigste Mann, den er kannte. Unwetter, wilde Tiere oder eingebildete Vorgesetzte – nichts konnte ihn von seinem Weg abbringen, wenn er erst einmal etwas als richtig und notwendig erkannt hatte.

»Also dann, ich gehe noch mal runter zum Fluss, die Fische abwaschen und so!«

Juanito lächelte Vater und Sohn Zernott verlegen zu und verdrückte sich zwischen den Büschen.

»Ja, also, ich ...«, auch Joe schien nach einem Grund zu suchen, die beiden zu verlassen, aber ihm fiel offensichtlich nichts Kluges ein. Schließlich zuckte er nur mit den Schultern und blieb einfach stehen.

Paul und sein Vater setzten ihren Weg langsam und schweigend fort. Nur manchmal brummelte der

Biologe in seinen Stoppelbart, gerade so, als führte er ein leises, heimliches Telefonat.

»So was … also das wäre ja noch schöner … Zehn-Meter-Anakonda … wer glaubt denn schon an Märchen.«

Als Vater und Sohn Zernott wenig später den Hauptweg des Camps erreicht hatten, ging ein Ruck durch den langen Biologen. Er warf den Kopf in den Nacken, reckte das spitze Kinn vor und sah sich nach allen Seiten um.

»Nanu, keiner da? Sind wohl alle bei einem Betriebsausflug, was?«

Aber das sagte er keineswegs schlecht gelaunt, sondern eher übermütig und mit einem Lächeln auf den Lippen.

»Mein kleiner Paul ist zu Besuch im Camp Napo, wenn das kein Grund zum Feiern ist. Was meinst du?«

Paul nickte nur stumm und fragte sich, was der mutige und irgendwie leicht verrückte Dr. Zernott wohl als Nächstes machen würde.

»Na warte, ich werde sie schon aus ihren Löchern kriegen, komm mit!«

Mit lang ausgreifenden Schritten marschierte er

los. Paul trabte hinterher. Vor einem der flachen Gebäude im Zentrum des Camps bog der Biologe dann plötzlich ab und verschwand um die Hausecke. Im nächsten Moment ertönte das ohrenbetäubende Gebimmel einer Feuerglocke.

Der Bienenstock erwachte! Aus allen Richtungen strömten Menschen auf den freien Platz zwischen den Gebäuden, vielfach damit beschäftigt, Hemden zuzuknöpfen, Schuhriemen zu binden oder irgendeinen letzten Bissen zu kauen.

Aus dem Stimmengewirr hörte Paul vereinzelt »Feuer?«-Rufe, allzu besorgt sah aber eigentlich niemand aus. Am Ende standen die knapp dreißig Mitarbeiter des Camps in drei Reihen um Dr. Zernott, der sie alle wie ein Leuchtturm weit überragte.

»Alles an Bord?«

Zustimmendes Gemurmel.

»Ich freue mich sehr, euch meinen Sohn Pablo vorstellen zu dürfen. Er wird für drei Wochen bei uns im Camp sein. Und weil das so ist, habe ich mir gedacht, dass wir heute Abend eine kleine spontane Fiesta feiern sollten. Bringt etwas zu essen mit, wenn ihr habt, eure Musikinstrumente und gute Laune – für die Getränke, Grillhähnchen und ein Spanferkel werde ich sorgen.«

»Ay Doctor Ceñoto, ay Pablo!«

Die Ankündigung des Biologen löste allgemeine Begeisterung aus, was vor allem Paul zu spüren bekam. Er wurde umarmt und auf die Wangen geküsst, seine Schultern wurden beklopft und seine Hände geschüttelt, und er war schließlich froh, als sich der Platz allmählich wieder leerte. In den nächsten zwei Stunden stieg dann eine Symphonie der köstlichsten Düfte über dem Camp empor. Aus allen Küchenfenstern zischte und brodelte, klapperte und klirrte es, überall summten und sangen die Bewohner in Vorfreude auf das Fest.

Während sich auch sein Vater und Oma Esmeralda in die Arbeit stürzten, wusste Paul bei so viel freier Zeit nichts Rechtes mit sich anzufangen.

»Besuch doch Juanito«, rief ihm sein Vater über die Schulter zu, während er ein Dutzend Flaschen mexikanisches Bier kühl stellte, »bei der Gelegenheit kannst du auch Estébans Familie zum Fest einladen!«

»Und wie komme ich dorthin?«

»Ganz einfach. Geh runter zur Anlegestelle. Links von dem Felsen, an dem die Leinenhaken eingeschlagen sind, führt ein kleiner Pfad zwischen Büschen und Farnen hindurch zu Estébans Pfahlhütte. Keine fünf Minuten vom Anleger entfernt.«

Das ließ sich Paul nicht zweimal sagen. Er schnappte sich noch zwei Tortillas vom Esstisch und war in null Komma nichts zur Tür heraus.

Die Pfahlhütten der Amazonasindianer

Die Pfahlhütten stehen häufig auf Stelzen, weil die Flüsse zur Regenzeit über die Ufer treten und das ganze flache Land überschwemmen. Das tief heruntergezogene Dach lässt den häufigen Regen auf allen Seiten ablaufen.

Diebe im Camp!

»Das glaub ich einfach nicht!«

Wolfs Stimme klang so wütend, dass sich Paul unwillkürlich wegduckte. Er war noch etwa fünfzig Meter von der Anlegestelle entfernt und hatte trotzdem jedes Wort verstanden.

»Warum regst du dich so auf, dann fahren wir eben ohne Begleitung.« Das war Joe. Der Anakondajäger schien sich über den Ausbruch des Dschungelführers ein wenig zu wundern. »Wir kommen auch ohne Zernott und seine Leute klar.«

»Ja? Ohne Benzin und Ersatzmotor? Du hast mir gesagt, die Bohnenstange gibt uns alles, was wir brauchen. Und morgen früh brauchen wir Benzin. Viel Benzin!«

»Wer hindert dich daran, hier im Camp Benzin zu kaufen? Das können sie uns nicht verweigern.«

»Und wovon soll ich das Benzin bezahlen? Und den Ersatzmotor, he?«

»Geld, Geld. Kannst du an nichts anderes denken? Hier, das wird ja wohl reichen!«

Paul schlich sich näher an die beiden heran und konnte gerade noch erkennen, wie der Anakondajäger ein Bündel Banknoten aus seiner Brieftasche hervorzog und Wolf unter die Nase hielt.

Wolf steckte das Geld ein und brummelte irgendetwas Unverständliches in seinen Stoppelbart.

Fieberhaft überlegte Paul, wie er, ohne Verdacht zu erregen, an den beiden vorbeikommen könnte. Behutsam lief er ein Stück zurück in Richtung Camp, drehte dann um und hüpfte, ein Lied pfeifend, noch einmal hinunter zur Anlegestelle. Als er die Lichtung am Flussufer erreicht hatte und unvermittelt vor Wolf und Joe stand, blieb er scheinbar überrascht stehen.

»Oh, hallo, was macht ihr denn hier?«

Paul sah die beiden erwartungsvoll an, erhielt aber keine Antwort. Wolf schnaubte nur verächtlich, erhob sich von dem Felsblock, auf dem er gesessen hatte, und verschwand. Auch Joe, der sonst in einer Tour quasseln konnte, zuckte nur mit den Schultern.

»Wir feiern heute Abend im Camp ein Fest, kommst du auch?«

»Nein, nein. Ich werd heute früh schlafen gehen. Morgen brechen wir auf. Der große Tag. Du verstehst!?«

›Begeisterung klingt anders‹, dachte Paul. ›Wird

Zeit abzuhauen, sonst steckt er mich noch mit seiner miesen Laune an!‹

»Also Joe, ich muss los. Wir sehen uns. Und … viel Glück mit der Anakonda!«

Als Paul anderthalb Stunden später wieder am Anlegeplatz vorbeikam, war von den beiden nichts mehr zu sehen. Doch Paul dachte schon längst nicht mehr an den Streit der beiden Anakondasucher. Der Besuch bei Estéban und seiner Familie hatte ihn auf andere Gedanken gebracht – obwohl er eigentlich nicht viel mehr gemacht hatte, als Juanitos Brüdern Jojo-Unterricht zu geben.

»Doctor Ceñoto, bitte, Sie müssen aufwachen.«

Von aufgeregten Rufen und lautem Klopfen aufgeweckt, brauchte Paul eine Weile, um zu sich zu kommen. Doch als ihm dann der Geruch von verbranntem Fett in die Nase stach, waren die Erinnerungen an die Fiesta schlagartig wieder da.

»Aufwachen, Doctor Ceñoto, es waren Diebe im Camp. Aufwachen!«

Nicht nur Paul war jetzt mit einem Sprung auf den Beinen. Er hörte es auch nebenan im Zimmer seines Vaters rumoren.

»Doctor Ce…«

»Schon gut, schon gut, ich bin ja gleich da!«

Vor der Tür standen die fünf Männer, die seinen Vater auf der letzten Expedition begleitet hatten.

»Was habt ihr gerufen? Diebstahl? Was fehlt euch denn?«

»Nicht uns, Doctor, dem Camp. Ein Bootsmotor ist verschwunden, sechs Kanister Benzin, zwei Betäubungsgewehre und die dazugehörige Munition und eine ganze Menge Proviant.«

Jetzt hatte es der lange Biologe plötzlich sehr eilig. Er schlüpfte in seine Schuhe, fummelte nervös an seinem Gürtel herum und war schon fast aus der Tür, als Paul ihn zurückrief.

»Ich glaube, ich weiß, wer das war, Papa!«

Dr. Zernott fuhr herum.

»Was? Aber wieso …?«

»Ich habe gestern ein Gespräch zwischen Joe und diesem Wolf gehört …« Und dann berichtete er über den Streit der Anakondajäger und wie Joe seinen Dschungelführer schließlich besänftigt hatte.

»Benzin kaufen? Und einen Ersatzmotor? Das Geld hat der Gauner wohl lieber für sich behalten. Hoffentlich kommt Johannes Portländer der II. wieder heil von seiner Anakondasuche zurück. Wer so viel Geld in der Brieftasche spazieren führt, hat bald keine Brieftasche mehr. Und das wäre nicht einmal das Schlimmste!«

Paul war entsetzt: »Aber wenn Joe in Gefahr ist, dann müssen wir ihm helfen. Außerdem – Wolf hat euch beklaut, das darfst du dir nicht gefallen lassen.«

Dr. Zernott lächelte milde.

»Mein lieber Sohn, wenn das so einfach wäre. Der Rio Napo ist Hunderte von Kilometern lang und besitzt unzählige Nebenflüsse. Da hast du selbst mit dem Helikopter keine Chance, jemanden zu finden.«

Nach dem großen Willkommensfest und den Aufregungen um die verschwundene Ausrüstung nahm sich Dr. Zernott zwei lange Tage Zeit, um seinem Sohn das Camp und die Umgebung zu zeigen. Da-

Ausrüstung für eine Dschungelexpedition

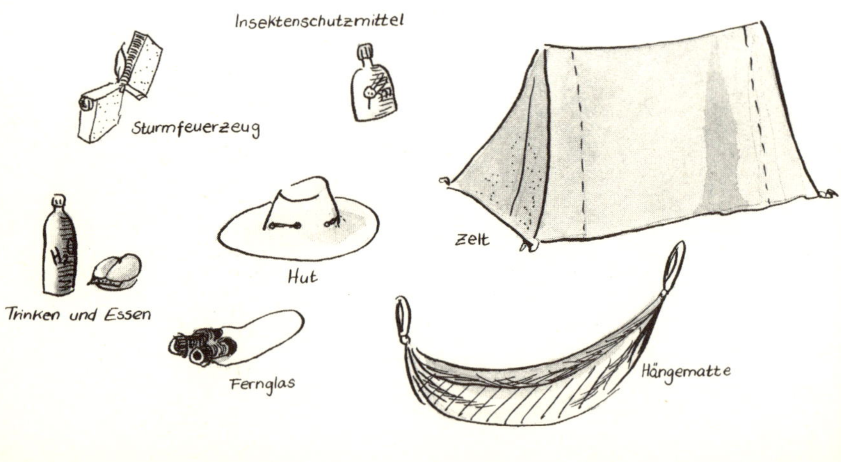

bei kam Paul aus dem Staunen nicht heraus. Was sein Vater alles wusste und kannte! Während er in ihrem Frankfurter Haus oftmals zerstreut und linkisch wirkte, fühlte er sich im Dschungel Ecuadors offensichtlich so wohl wie ein Fisch im Wasser.

Als Paul am späten Morgen des dritten Tages aus dem Haus trat, wartete Juanito bereits im Schatten des Mangobaums auf ihn. Er hatte zwei kurze hölzerne Paddel dabei, von denen er eines Paul hinhielt.

»Hast du Lust auf einen kleinen Ausflug den Napo hinunter?«

»Klar. Womit denn?«

»Zeig ich dir. Sag nur schnell deiner Oma, dass wir erst zum Abendessen wieder im Camp sind!«

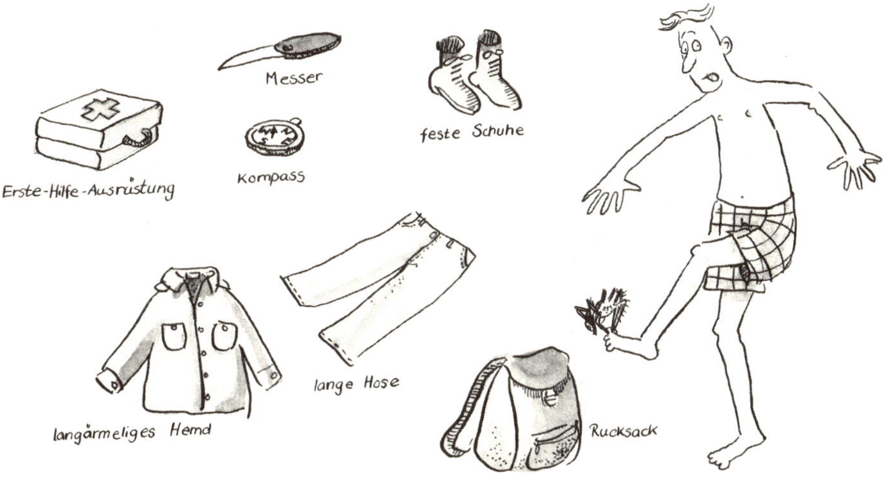

Der stöhnende Fisch

Dieses Mal nahm Juanito den direkten Weg zum Fluss hinunter. Am Anlegesteg sah Paul schon von Weitem ein kleines Kanu am Ufer liegen.

»Mensch, ist das deins?«

Juanito nickte stolz.

»Selbst gemacht. Ich habe mehr als ein Jahr daran gearbeitet. Mein Onkel hat mir gezeigt, wie es geht. Paco ist der beste Bootsbauer am Rio Napo!«

Ehrfürchtig näherte sich Paul dem kleinen Kanu, umrundete es, beklopfte ein paar Mal das leichte Holz und kam aus dem Staunen nicht heraus.

»Perfekt. Das hast du wirklich ganz alleine geschafft? Mann, so was sollten wir mal in der Schule machen!«

Juanito hatte bereits die Bootsleine vom Haken gelöst und sah Paul erwartungsvoll an.

»Wollen wir?«

»Aber klar doch!«

Die beiden Jungen kletterten in das schwankende kleine Kanu. Juanito saß hinten, Paul am Bug. Zwischen ihnen hatte der Indianerjunge Proviant, Angelzeug, eine Machete und sogar einen kurzen schlanken Speer verstaut. Es sah so aus, als hätte er einen längeren Ausflug eingeplant.

»Wo fahren wir überhaupt hin?«

»Zuerst ein Stück den Fluss hinauf in Richtung Porto Misahuallì. Und dann in einen kleineren Nebenfluss. Ich kenne eine Stelle, wo Guaven und wilde Ananas wachsen. Was meinst du?«

»Ja, cool. Ist mir aber eigentlich auch ganz egal, wohin es geht. Mit dir macht es überall Spaß!«

Juanito sah ein wenig verlegen zur Seite und konzentrierte sich dann ganz darauf, vom Uferstreifen weg ins Tiefe zu kommen. Juanito rechts, Paul links, stachen die beiden Jungen ihre kurzen Paddel in das trübe Wasser und hatten schon nach wenigen Minuten einen guten Rhythmus gefunden. Das Kanu lag ruhig im Wasser und kam erstaunlich schnell voran.

Nach einer knappen halben Stunde waren ihre Paddelbewegungen so gut aufeinander abgestimmt, dass Paul sich auch auf die Umgebung konzentrieren konnte. Ohne den lauten Außenbordmotor waren Fluss und Dschungel jetzt geradezu unheimlich still. Die wenigen Laute aus den Tiefen des Waldes waren dafür umso eindringlicher. Zum Glück saß

Juanito mit ihm im Boot, denn der Indianerjunge kannte scheinbar jedes Geräusch. Wie es schien, beteiligten sich vor allem Frösche und Kröten an dem absonderlichen, von vielen Pausen unterbrochenen Konzert: dumpfes Grummeln, heiseres Krächzen, ochsenartiges Gebrüll, metallisches Klopfen – es gab offensichtlich kaum einen Laut, den die glitschige Familie nicht beherrschte. Manchmal hielt Paul erschrocken den Atem an. Vor allem der lang gezogene, heisere Schrei der Brüllaffen ging ihm jedes Mal durch Mark und Bein.

Nur einmal erstarrte auch Juanito, als ein tiefer, grollender Laut in kurzer Folge dreimal hintereinander erklang. Paul sah seinen neuen Freund fragend und etwas ängstlich an, denn besonders weit entfernt schien das nicht gerade gewesen zu sein.

»Jaguar!« Juanito wirkte schon wieder ruhig und unbekümmert, steuerte das Kanu aber dennoch mit wenigen festen Paddelschlägen zur Flussmitte.

Die beiden Jungen kamen gut voran. Auch wenn sie gelegentlich ein paar Vögel beobachten konnten, einmal von Weitem sogar den Kopf eines großen Kaimans, waren doch insgesamt viel weniger Tiere zu sehen, als Paul das eigentlich erwartet hatte. Dafür war das Brummen und hohe Sirren der Fliegen und Mücken allgegenwärtig. Obwohl Paul sich am Morgen reichlich Insektenschutzmittel auf die Haut geschmiert hatte, schlug er immer wieder um sich. Juanito dagegen blieb bewundernswert gelassen, selbst wenn sich eine der großen Zancudos auf seinen nackten Oberkörper setzte und zubiss.

Sie waren wohl schon an die zwei Stunden unterwegs, als auf einmal ein lauter Knall die Stille zerriss.

›Ein Schuss!‹, dachte Paul und duckte sich unwillkürlich zur Seite.

»Da!« Juanito, der keine Miene verzogen hatte, zeigte rechts neben sich auf einen von Wasserhyazinthen bedeckten Flussabschnitt. Als Paul sich wieder aufgerichtet hatte, sah er, wie dort an einer Stelle die Blätter der Schwimmpflanze in Bewegung geraten waren. »Der Piraracu springt! Lass uns die Plätze tauschen und bring mich näher heran!«

Sie turnten auf dem gefährlich schwankenden Kanu aneinander vorbei. Paul nahm an, dass sein Freund die Angelschnur benutzen würde. Stattdessen zog Juanito aber seinen Speer hervor. Was immer ein Piraracu war, es musste sich um einen ziemlich großen Fisch handeln.

»Dort, wo das Wasser wirbelt. Vorsichtig jetzt, noch ein kleines Stück!«

Konzert im Dschungel

Auch wenn ein Tourist viele Dschungeltiere nur selten zu sehen bekommt, ihre geheimnisvollen Laute dringen dafür umso beunruhigender an sein ungeübtes Ohr: der Schrei der Aras auf ihrem Flug über den Fluss, das markerschütternde Spektakel einer Gruppe Brüllaffen, das Trillern der Pfeilgiftfrösche oder das gespenstische, wie fernes Regenprasseln klingende Geräusch eines Zugs der tödlichen Treiberameisen.

Atemlos tauchte Paul noch einmal das Paddel ins Wasser und hielt dann inne. Juanitos Wurfarm hob den Speer auf, spannte sich und schleuderte ihn dann mit viel Kraft in das trübe, pflanzenbedeckte Wasser. Der Fluss explodierte! Sofort ließ Juanito das Seil der Lanze ein wenig abrollen. Sie sahen, wie der Holzschaft der Waffe beinahe ganz im Wasser verschwand.

»Hilf mir!«

Mit vereinten Kräften holten sie das Seil Zug um Zug zur Hälfte wieder ein. An dem Widerstand merkte Paul erst, wie stark der Fisch dort unten sein musste. Nach beinahe zehn Minuten hatten die Jungen es fast geschafft. Einen halben Meter vor ihnen schimmerte es unter den Hyazinthenblättern weiß glänzend auf. Dann sahen sie den Fisch in voller

Größe. Der lang gezogene Körper mit dem spitzen hechtartigen Maul war bestimmt achtzig Zentimeter lang. Und Paul wusste sofort, was es war. Der Piraracu hieß in Brasilien Arapaima. Und unter diesem Namen hatte er ihn oft genug im Aquarium des Frankfurter Zoos gesehen. Der Amazonas-Räuber galt als einer der größten Süßwasserfische überhaupt. Es sollten schon Exemplare von fast fünf Metern Länge gefangen worden sein.

Juanito hatte gut getroffen. Der Speer durchbohrte den Fisch ungefähr dort, wo der Kopf in den Rumpf überging. Seine Bewegungen wurden immer schwächer. Juanito beugte sich nach vorne und bekam den Holzschaft zu fassen.

»Der Speer hält was aus. Lass uns den Piraracu an Bord ziehen.«

Obwohl das Kanu fast zu kippen drohte, gelang es ihnen, den Kopf des Fisches aus dem Wasser zu heben und ihm einen Strick aus Kokosfasern umzulegen.

»Bei drei!« Juanito nickte seinem Freund zu und begann zu zählen: »Eins, zwei, dr…«

»Uuuaaach!«

Paul schrie vor Schreck auf und ließ den Speer los. Das Stöhnen aus dem geöffneten Maul des Piraracu war das grauenvollste Geräusch, dass er je gehört hatte. Es war, als hätte er einen verzauberten, ganz und gar verzweifelten Menschen jammern gehört.

Juanito hatte Ruhe bewahrt und hielt den schweren Fisch noch immer am Seil fest.

»Schnell – hilf mir!«

Paul rappelte sich auf und griff erneut zu.

Ein paar Minuten später hatten sie es endlich geschafft und der silbrig schimmernde Körper lag zwischen ihnen auf dem Boden des Kanus.

»Was um alles in der Welt war das für ein Geräusch?«

Juanito musste lachen.

»Armer Pablo. Ich hab vergessen, dich zu warnen. Das war die Luft aus der Schwimmblase. Wenn der Piraracu stirbt, stöhnt er wie ein Mensch.«

»Das habe ich gehört!«

Nachdem Juanito den Fisch ausgenommen und mit den riesigen Blättern einer Bananenstaude umwickelt hatte, machten sie sich wieder auf den Weg.

Eine halbe Stunde später, an einer stark bewachsenen Ausbuchtung des Flusses, unterbrach Juanito seine Paddelstöße. Das Kanu glitt in einer sanften Linkskurve darauf zu. Paul begriff. Sie hatten die Mündung des kleinen Flüsschens erreicht, von dem Juanito erzählt hatte.

Hier stimmt etwas nicht!

Paul war auf einmal sehr mulmig zumute. Bisher waren sie auf dem breiten Rio Napo fast wie auf einem See gefahren. Jetzt wurde es plötzlich eng. Die Uferseiten des schmalen Flüsschens kamen ihnen so nahe, dass sie einzelne der über ihnen herunterhängenden Lianen mit dem Paddel berühren konnten.

In dem kleinen Flüsschen kam das Kanu nur noch langsam voran. Während Paul sein Paddel weiterhin gleichmäßig eintauchte, musste Juanito mit ein paar kräftigen Stößen immer wieder an den tief herabhängenden Ästen umgestürzter Bäume vorbeisteuern. Auch die Strömung war stärker als auf dem Rio Napo. Immerhin war das Flüsschen frei von Wasserhyazinthen und anderen Schwimmpflanzen, in denen sich die Paddel verheddern konnten.

Anfangs hielt der Indianerjunge so viel Abstand von überhängenden Baumkronen wie möglich. Bis Paul plötzlich bemerkte, dass sie den mit allerlei Farnen und Bromelien behangenen Ästen und Zweigstümpfen immer näher und näher kamen. Außer-

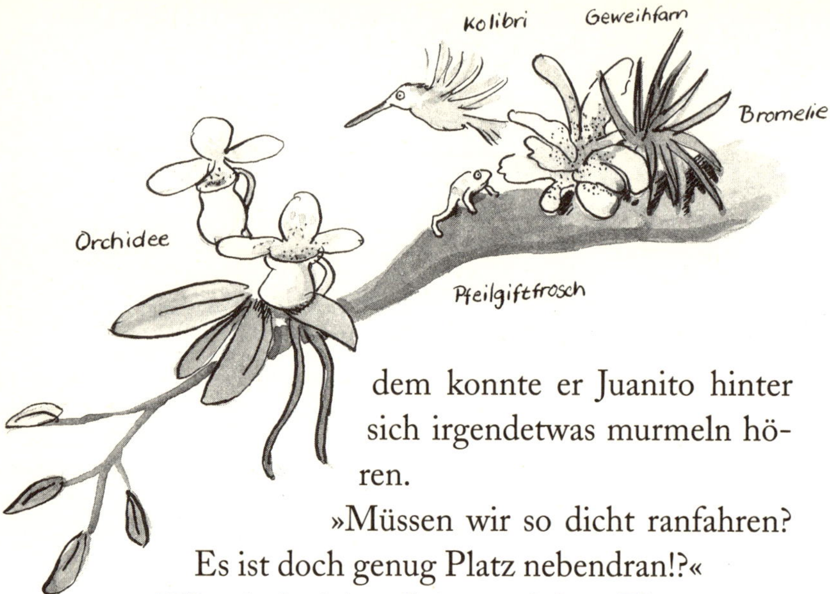

dem konnte er Juanito hinter sich irgendetwas murmeln hören.

»Müssen wir so dicht ranfahren? Es ist doch genug Platz nebendran!?«

»Wir sind nicht alleine auf dem Fluss unterwegs!«

»Wie meinst du das?«

»Vor ein paar Tagen ist hier ein größeres Boot vorbeigekommen. Guck dort, der abgebrochene Zweig. Eben habe ich sogar einen Zigarrenstummel am Ufer liegen sehen. Und sieh mal …«

Juanito steuerte mit starken Paddelbewegungen den nächsten Baumstamm an, der sich wie eine Brücke quer über den ganzen Wasserlauf spannte. Und dann konnte auch Paul sehen, was er meinte.

»Richtig abgeschlagen!«, stellte Paul fest. »Sieht

Leben in luftigen Höhen

Um wachsen, blühen und fruchten zu können, leben viele tropische Pflanzen dort, wo die Sonne scheint – im Kronenbereich der großen Bäume. Weiß blühende Eintagsorchideen, wassersammelnde Bromelien, wurzellose Tillandsien als Aufsitzerpflanzen oder beharrliche Kletterer wie die Passionsblumen wuchern überall, wo gerade ein Plätzchen frei ist. Und immer sind Tiere in ihrer Nähe. Ein nektarsaugender Kolibri, im Bromelienteich ablaichende Pfeilgiftfrösche, algenbewachsene Dreizehenfaultiere im Geäst oder ein Affenadler auf dem Ansitz.

so aus, als hätte hier jemand mit der Machete gearbeitet.«

»Eher mit einem Beil.« Juanito wies auf die tief ins Holz eingedrungenen Kerben.

»Was meinst du, wer könnte das gewesen sein?«

Juanito zuckte mit den Schultern.

»Weiß nicht. Vielleicht Jäger. Oder Touristen. Etwas unterhalb vom Camp ist eine Lodge. Ein paar Männer vom Cofán-Stamm machen Führungen in den Dschungel und solche Sachen.«

Schweigend setzten die beiden ihre Fahrt fort. Wer immer das kleine Flüsschen hochgefahren war, hatte ihnen jedenfalls viel Arbeit erspart.

Sie fuhren gerade wieder unter einem umgestürzten Baum wie durch einen Tunnel hindurch, als Juanito in das Gewirr der Äste und Blätter wies.

»Siehst du die Wespen?«

Paul sah zuerst gar nichts. Erst allmählich bemerkte er die Flugschneise, auf der sich die großen gelbschwarzen Insekten hin und her bewegten.

»Wer sich eine Fahrrinne durch die Baumkronen schlägt, muss schnell sein. Wenn du dir dabei ein Wespennest in das Boot pflückst, kannst du nur noch springen und abtauchen. Auch eine Feuerameisenstraße genau über deiner Machete ist kein Vergnügen.«

Paul lächelte schräg und schielte dabei ängstlich nach oben. Immerhin waren die Äste nicht viel mehr als einen halben Meter von seinem Kopf entfernt.

Dann endlich waren sie am Ziel. An einer Stelle, wo das Flüsschen eine sanfte Rechtskurve machte, ragten einige große Felsbrocken aus dem Uferschlamm. Juanito steuerte das Kanu genau zwischen die beiden größten Steine, sprang heraus und zog es auf den weichen Boden hoch.

»Angekommen. Von hier aus laufen wir keine zweihundert Meter bis zu meiner Obstplantage.«

»Na, dann laufen wir mal. Mir jedenfalls läuft schon das Wasser im Mund zusammen.«

Früchte des Dschungels

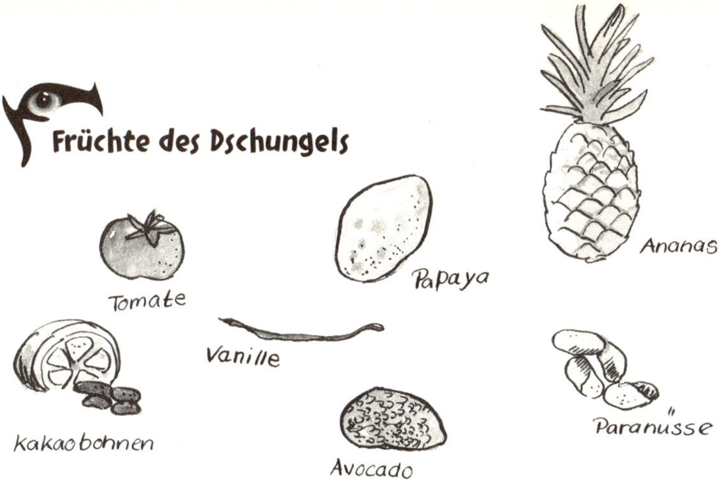

Juanito hatte nicht zu viel versprochen. In seinem wilden Obstgarten wuchsen die prächtigsten Ananas und Mangos, die man sich vorstellen konnte. Sie waren höchstens halb so groß wie die Früchte, die Paul aus dem Supermarkt kannte, aber viel, viel leckerer. Noch bevor der mitgebrachte Flechtkorb auch nur eine einzige Mango oder Ananas gesehen hatte, waren schon ein halbes Dutzend Früchte in ihre Bäuche gewandert.

»Hörst du das?«

Juanito wandte den Kopf zurück in Richtung Fluss.

»Was denn? Meinst du den Vogel dort?«

»Schschsch!«

Während er angestrengt zu lauschen schien, bedeutete Juanito Paul, ihm vorsichtig zu folgen.

Auch Paul hatte das Geräusch inzwischen identifiziert. Es war der Motor eines Einbaums, der den Fluss hinauf oder hinunter fuhr. Lautlos bewegten sie sich in geduckter Haltung durch die Stauden und Farne. Wer immer dort unten war, Juanito wollte offensichtlich nicht von ihm gesehen werden. Als sie schließlich am Hang oberhalb der großen Steine angekommen waren, legten sie sich flach auf den Boden und schoben ihre Köpfe langsam über die Kuppe.

Ein einziger Blick genügte. Weniger als dreißig Meter von ihnen entfernt sahen sie das lange, schmale Boot des Dschungelführers Wolf. Das Steuer des Außenborders in der einen Hand, eine Zigarre in der anderen, visierte er gerade die Durchfahrt zwischen zwei Felsbrocken an.

»Wo ist Joe?«

Pauls geflüsterte Frage beantwortete Juanito mit einem Schulterzucken. Von dem Anakondajäger war weit und breit nichts zu sehen.

Inzwischen war der Einbaum nur noch wenige Meter von dem verdeckten Uferplatz entfernt, an dem sie ihr Kanu liegen hatten. Wolfs Gesichtsausdruck verriet eine gewisse Anspannung, seine Augen wanderten unablässig hin und her. Gelegentlich sah er auch über die Schulter hinter sich.

»Siehst du den Rucksack?«

Juanito wies in den Fußraum des Bootes, wo ohne jeden Zweifel nicht nur Joes greller Rucksack lag, sondern auch seine Fototasche und das noch immer neu glänzende Buschmesser.

»Guck mal, er hat sogar Joes Hut auf!«

Während sie dem langsam weiterfahrenden Boot hinterhersahen, dachten beide Jungen das Gleiche.

»Was hat er mit Joe gemacht? Meinst du …?«

Paul wagte nicht, den Satz zu Ende zu sprechen, und sah seinen Freund mit großen Augen an. Juanito wirkte sehr entschlossen.

»Sobald Wouf außer Sicht ist, müssen wir aufbrechen und Joe suchen«, sagte er.

Sie mussten nicht einmal fünf Minuten warten.

»Jetzt, los!«

Die Jungen sprangen in großen Sätzen den Uferhang hinunter, zogen ihr Kanu ins Wasser und paddelten mit

kräftigen Bewegungen in die Richtung weiter, aus der Wolf eben gekommen war.

»Hast du nicht gesagt, Joe hätte von einer Insel gesprochen, auf der die Anakonda sein soll?«, wollte Juanito wissen.

»Ja, wieso?«

»Eine Stunde von hier verbreitert sich der Fluss zu einer Art See. Dort gibt es eine Insel. Eine ziemlich große. Das könnte die Anakondainsel sein!«

Zum Glück waren sämtliche Hindernisse flussaufwärts bereits von Wolf und Joe beseitigt worden. Juanito und Paul legten sich so verbissen ins Zeug, dass sie schließlich nicht einmal eine Stunde brauchten, bis sich die große Wasserfläche vor ihnen auftat.

Juanito zeigte nach links auf eine dicht bewachsene Bucht.

»Da vorne, das gehört schon zur Insel. Siehst du den Baumstumpf, der aussieht wie ein Y? Dort können wir an Land gehen. Komm!«

Als sie ein paar Minuten später das Kanu sicher vertäut hatten, sah sich Juanito aufmerksam um.

»Hier entlang. Das Gras ist noch nicht wieder vollständig aufgerichtet. Vor höchstens zwei Stunden ist hier jemand durchgegangen.«

»Und wenn es ein großes Tier war, vielleicht ein Tapir?«

»Ein Tapir mit Profilsohlen?«

Juanito war ein paar Schritte weitergegangen und zeigte auf einen Schuhabdruck im schlammig-weichen Boden.

Es war nicht allzu schwer, dem Weg zu folgen, den Wolf und Joe vermutlich mehr als ein Mal gegangen waren.

»Wo könnte er sein? Vielleicht rufen wir einfach?«

Paul hatte kein gutes Gefühl. Es war ihm, als dürften sie keine Zeit verlieren.

»Du hast recht.« Juanito holte tief Luft und rief, so laut er konnte: »Joe!«

Paul tat es ihm nach. Doch bis auf einen Schwarm aufgeschreckter, kreischender Aras blieb es um sie herum still. Sie sahen einander mit sorgenvoller Miene an und setzten ihren Weg wortlos fort.

Dass sich die Spur dann auf einmal teilte, konnte sogar Paul erkennen. Während die niedergedrückten Blätter und angebrochenen Zweige auf der einen Seite weiterhin quer über die ganze Insel führten, zweigte eine andere Spur nach rechts Richtung Fluss ab.

»Und jetzt? Sollen wir uns aufteilen?«

Pauls Stimme klang genauso ängstlich, wie er sich fühlte.

»Lass uns noch mal rufen!«

Doch sosehr die beiden Jungen auch auf eine Antwort hofften, es blieb still.

»Traust du dich denn, alleine weiterzugehen?«, fragte Juanito besorgt.

Statt zu antworten, nickte Paul nur tapfer mit zusammengebissenen Zähnen.

»Hier oder dort?«, fragte Juanito.

»Lieber zum Fluss!«

Juanito nickte stumm.

»Und was mache ich, wenn ich ihn finde? Oder wenn ich Hilfe brauche?«

»Kannst du pfeifen?«

»Klar!«

Die Probepfiffe der beiden Freunde hallten über die Insel.

»Gut«, sagte Juanito, »sei vorsichtig. Wir sollten uns beeilen. Bis später.«

»Bis später.«

Während Juanito im nächsten Moment leichtfüßig und schnell loslief, folgte Paul den Trittspuren eher vorsichtig und ängstlich. Der Horrortrip mit Joe zu Juanitos Angelplatz steckte ihm noch immer in den Knochen. Außerdem fürchtete er sich davor, plötzlich vor Joe zu stehen – so wie er Wolf einschätzte, mussten sie mit dem Schlimmsten rechnen.

Zum Glück war er schon bald am Ufer angekommen.

›Wenigstens kann von der Flussseite her kein Jaguar aus den Büschen springen‹, dachte er, während er den Sohlenabdrücken im schlammigen Boden weiter folgte.

Obwohl er immer wieder deutliche Trittspuren sah, konzentrierte sich Paul sehr stark darauf, die Spur nicht aus den Augen zu verlieren. Er war gerade einmal zehn Minuten unterwegs, als er stutzig wurde. Zwischen den Tritten der Profilschuhe tauchte etwas anderes, Unverständliches auf. Eine Art breiter Rinne, die sanft zwischen den Stiefelabdrücken hin- und herschwang und sich dabei tief in den nassen Schlamm eindrückte.

›Sie haben irgendetwas sehr Schweres hinter sich hergeschleift‹, dachte Paul. ›Sieht aus wie eine Teppichrolle oder so.‹

Er sah sich um. Ein wenig weiter vorne ragte eine knorrige, zur Hälfte ins flache Wasser eingeknickte Akazie über den übrigen, flachen Bewuchs hinaus.

›Vielleicht sitzt er ja im Schatten des Baums‹, vermutete Paul und ging weiter darauf zu. Auch die Schleifspuren zeigten in die gleiche Richtung.

Der Baum war imponierend. Je näher Paul kam, desto majestätischer und älter wirkte er. Sein breiter Stamm barg eine ganze Reihe von Spalten und Höhlungen, dicke Pilze ragten aus dem vielfach morschen Holz. Doch von Joe war auch hier nichts zu sehen.

Vergeblich suchte er nach weiteren Spuren, obwohl der Boden an vielen Stellen so weich war, dass Joes Trekkingschuhe sicher tiefe Abdrücke hinterlassen hätten.

›Was könnten sie hier gemacht oder gesucht haben?‹

Paul schüttelte den Kopf und wollte gerade umkehren, als er vor sich im flachen Wasser eine flüchtige Bewegung wahrnahm.

»Was war das?« Er hatte unwillkürlich laut gesprochen. Angst vor einer unbekannten Gefahr kroch seinen Nacken entlang, während er mit zusammengekniffenen Augen in das von Lichtreflexen gesprenkelte Wasser starrte.

Und dann überfiel ihn die Erkenntnis wie ein Schlag in die Magengrube. Das Wasser starrte zurück!

Zwei kleine dunkle Augen hatten ihn fixiert und

verfolgten jede seiner Bewegungen. Und diese Augen steckten in dem größten Schlangenkopf, den Paul je gesehen hatte. Es war eine Anakonda. Und zwar nicht irgendeine, sondern – daran bestand nicht die Spur eines Zweifels – *die* Anakonda, von deren Fang sich Joe Ruhm und Ehre erhoffte.

Nur ganz allmählich begann Paul wieder normal zu atmen und klar zu denken. Dass er für die ausgewachsene Riesenschlange ein gutes Abendbrot abgeben würde, war ihm klar. Aber dazu musste sie

Das Skelett der Schlange

Für Tiere ohne Beine können sich Schlangen erstaunlich gut bewegen. Sie gleiten, kriechen, winden, robben, klettern, schwimmen und tauchen, richten sich kerzengerade auf, spannen ihren Körper s-förmig zum schnellen Stoß und manchmal gleiten sie sogar durch die Luft!

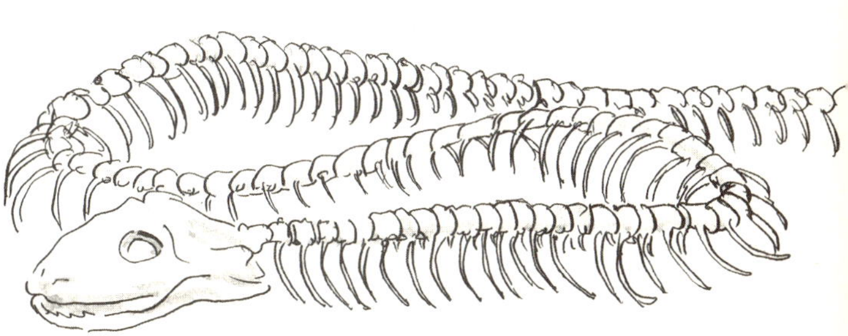

ihn erst einmal erwischen. Und so schnell war keine Anakonda, schließlich lagen gute zehn Meter Wasser und schlammiges Ufer zwischen ihnen.

Während Paul vorsichtshalber noch ein paar Schritte zurückwich, kam auch in das Tier Bewegung. Es schwamm mit eleganten Windungen auf die Akazie zu und zeigte sich dabei in seiner ganzen majestätischen Länge.

›Verflixt noch mal. Wenn das keine Roosevelt-Preis-Schlange ist!‹

Gefangen auf der Insel

Als die Anakonda den Baum erreicht hatte, sah Paul, wie sie zwischen dem freigespülten Wurzelwerk abtauchte und verschwand. Auch fünf Minuten später war weit und breit nichts von ihr zu sehen.

›Es muss einen unterirdischen Platz geben, an den sie sich zurückziehen kann!‹, dachte Paul und wollte gerade den Baum noch einmal aus der Nähe anschauen, als ihn ein gellender Pfiff aufschreckte.

›Juanito. Er hat ihn gefunden!‹

Sofort rannte Paul los. Er nahm den gleichen Weg, den er gekommen war.

›Hoffentlich kann ich erkennen, wo Juanito gegangen ist‹, dachte er, kurz bevor er den Kreuzungspunkt der beiden Spuren erreicht hatte. Doch seine Sorge war unbegründet. Denn die unter Juanitos Füßen heruntergedrückten Blätter und Zweige markierten den Weg, wie Positionslampen ein nächtliches Flugbahnrollfeld.

Als Paul ganz in der Nähe zum zweiten Mal den Pfiff seines Freundes hörte, begann er zu laufen. Dabei steuerte er unwillkürlich eine Bambusgruppe an, die wie ein natürliches Zelt aus dem flacheren Bewuchs herausragte.

Noch einmal pfiff Juanito, allerdings brach der schrille Ton ab und ging in eine Art Stöhnen über, das Paul erschreckte.

»Ich komme! Hast du Joe gefunden?«

»Jaahhh …« Wieder das Stöhnen in der Stimme.

›Er hat Schmerzen‹, dachte Paul und bekam es jetzt mit der Angst zu tun. Vorsichtig, die Hand fest um das Paddel gepresst, näherte er sich den Sträuchern, jederzeit bereit, sich zu verteidigen.

»Ich bin hier!«

Juanitos gequälte Stimme war jetzt zum Greifen nah. Paul machte einen letzten Schritt auf die Sträucher zu und bog vorsichtig einen der elastischen Zweige zur Seite. Da waren sie. Juanito, der sich mit schmerzverzerrtem Gesicht das rechte Bein hielt, und ein zusammengerolltes Bündel, das Paul nur an den Schuhen als Joe identifizieren konnte.

»Mensch Juanito, was ist mit deinem Bein?«

Der Indianerjunge zeigte auf einen neben ihm liegenden Holzprügel.

»Es war Joe. Er hat mich kommen gehört und wohl geglaubt, ich wäre ein Jaguar oder so. Irgendwas stimmt nicht mit ihm, er scheint Fieber zu haben oder einen Sonnenstich oder beides. Außerdem ist seine Stirn blutverkrustet. Jedenfalls – als ich um die Ecke gebogen bin, hat er mich mit dem Knüppel empfangen und mir auf das Schienbein geschlagen. Es tut grauenvoll weh!«

Paul sah das dick angeschwollene, blaurot verfärbte Bein – seine Gedanken überschlugen sich.

»Was sollen wir machen?«

»Du musst zurück zum Kanu. Joe braucht etwas zu trinken. Am besten paddelst du bis hierher. Man kann dort vorne unter dem schräg stehenden Baum ans Ufer. Beeil dich!«

Pauls Willenskraft kehrte zurück. In leichtem Trab setzte er sich in Bewegung, eine Viertelstunde und er würde bei ihrem Boot sein. Dachte er jedenfalls.

Doch als er keuchend oberhalb der kleinen Landebucht angekommen war und Ausschau nach Juanitos Kanu hielt, war der Platz leer. War das Boot weg? Das konnte einfach nicht sein. Er hatte genau gesehen, dass Juanito es mit einem starken Strick fest an eine ins Wasser ragende Wurzel gebunden hatte. Hatte er vielleicht einfach nur an der falschen Stelle gesucht? Nein, dort unten war die Wurzel und daran baumelte noch ein kurzes Ende des Haltestricks.

Paul jagte in großen Sprüngen den Uferhang hinunter und wusste, was geschehen war, noch bevor er die Stelle erreicht hatte. Irgendjemand hatte das Seil mit einer Machete durchtrennt und das Kanu losgemacht.

›Wolf!‹, dachte er und biss sich verzweifelt in die Knöchel. ›Er muss unser Kanu zwischen den Felsen gesehen haben und ist uns dann heimlich gefolgt.‹

Er hätte schreien können. Alles hatten sie im Boot gelassen. Wasser und Proviant, Feuerzeuge und vor allem ihre Waffen. Nun hockten sie auf einer Insel fest. Zwei zehnjährige Jungen, von denen einer vor Schmerzen nicht laufen konnte, und ein fiebernder Anakondajäger, der nicht wusste, was er tat. Es war halb vier. In weniger als zwei Stunden würde die Nacht hereinbrechen. Sie hatten kein Zelt und kein Feuer. Nicht gerade beruhigende Aussichten!

»Mach dir keine Sorgen, wir schaffen das schon.«

Juanitos Zuversicht steckte Paul an. Obwohl der Indianerjunge starke Schmerzen hatte, blieb er angesichts der schlimmen Nachrichten ruhig und besonnen. »Hast du ein Taschenmesser?«

»Nein. Aber vielleicht Joe.«

Paul näherte sich dem reglosen Joe und griff vorsichtig in die aufgesetzten Taschen des Jagdhemds.

Ja! In der zugeknöpften Brusttasche steckte ein Schweizer Messer.

»Als Erstes brauchen wir sauberes Wasser! Siehst du da hinten die Lianen?«

Juanito zeigte auf eine Baumgruppe mit mächtigen Brettwurzeln ganz in der Nähe.

Paul nickte.

»Nimm das Messer und schneide mit der Sägeseite ein zwei Meter langes Lianenstück ab. Zuerst unten. Auf die Schnittstelle musst du deinen Daumen halten. Dann oben. Wenn du beide Enden auf gleicher Höhe trägst, geht kein Wasser verloren. Mach schnell, Joe muss dringend etwas trinken.«

Lianen und Brettwurzeln

An manchen Stellen des tropischen Regenwalds sieht man vor lauter Wurzeln und Lianen die Baumstämme nicht mehr. Während Brett- und Stelzwurzeln den Urwaldriesen zusätzliche Standfestigkeit verleihen, dienen die senkrecht herabhängenden Luftwurzeln der verbesserten Nährstoffaufnahme. Lianen sind keine Schmarotzer, sondern Kletterpflanzen mit verholzenden und schlingenden Trieben, die auf fremde Hilfe angewiesen sind, um ans Licht wachsen zu können.

Wasser aus einer Liane? Paul war skeptisch, rannte aber sofort los.

Das Messer war gut. Nach wenigen Sägebewegungen hatte er den unteren Teil der Schlinge durchtrennt. Auf fließendes Wasser wartete er allerdings vergeblich. Trotzdem legte er den Daumen auf die Schnittstelle, bevor er das Messer weiter oben noch einmal ansetzte.

›Holla!‹ Paul war verblüfft. Das obere Ende der Liane war ihm aus der Hand geglitten und jetzt lief daraus ein dünnes, aber stetig fließendes Rinnsal zu Boden. Im nächsten Moment hatte er zugegriffen und rannte los.

»Sehr gut.« Juanito lächelte seinem Freund aufmunternd zu. Nur die verkniffenen Augen verrieten, wie sehr sein Bein schmerzen musste.

»Lass das Wasser in seinen Mund laufen!«

Paul schüttelte den Kopf. Er hatte einmal in einem Buch gelesen, dass man Verdurstenden mit dem ersten Schluck Wasser nur die Lippen beträufeln durfte. Und es funktionierte! Im Halbdämmer hatte Joe das wohltuende Nass bemerkt und begonnen, sich die Lippen zu lecken. Erst nach einer Weile ließ Paul einen kleinen Schluck direkt in seinen Mund laufen.

Dann schlug Joe die Augen auf.

»Pauulll? Uhhh. Guuut.«

Die Worte waren nur gehaucht, aber beide Jungen begriffen, dass sie vor allem eines bedeuteten: Joe war wieder bei Bewusstsein!

Eine halbe Stunde später hatte sich der Anakondajäger mit ihrer Hilfe bereits aufgesetzt und an einen Baumstamm gelehnt. Unterdessen war Paul kreuz und quer über die Insel gelaufen, auf der Suche nach trockenem Holz und einem Strauch, den ihm Juanito beschrieben hatte. Das Mark seiner Äste war trocken und porös und mit dem Sturmfeuerzeug, das sie zum Glück in Joes Hosentasche gefunden hatten, würden sie damit ein Feuer entfachen können.

Joes Zustand hatte sich inzwischen wieder verschlechtert. Noch immer mit dem Rücken am Baumstamm, ruckte sein Kopf unruhig hin und her, manchmal ließ er ihn auch erschöpft auf die Brust sinken.

Paul ballte die Fäuste. Er hätte gerne irgendetwas unternommen, um ihre Situation zu verbessern. Zu allem Überfluss hatte sein Magen angefangen zu knurren. Hätten sie doch bloß ihre Angelschnüre aus dem Kanu genommen! O ja, Juanito wusste, welche Früchte man essen durfte und hinter welcher Borke man mit etwas Glück die wohlschmeckenden Larven des Schwarzen Rüsselkäfers finden konnte. Doch der Indianerjunge konnte sich keinen Meter bewegen, so heftig schmerzte das verletzte Schienbein.

Wie sollten sie bloß von der Insel kommen? Ob man sie im Camp schon vermissen würde? Doch selbst wenn sein Vater längst auf der Suche nach ihnen war – es war bald dunkel. Und würden sie nicht auch am hellen Tag einfach an dem kleinen Seitenflüsschen vorbeifahren? Pauls Gedanken wirbelten durcheinander, doch ein Ausweg war nicht in Sicht.

»Hey seht mal, dort schwimmt unser Abendbrot!«

Juanitos Stimme riss Paul aus seinen dunklen Gedanken. Sein Freund hatte die Hand über die Augen gelegt und blinzelte gegen die tief stehende Sonne zum Fluss hinunter.

»Siehst du ihren Kopf und den flachen Panzer? Da schwimmt eine Wasserschildkröte. Sie kommt von der Sandbank da rechts. Wenn du ihren Spuren folgst, findest du die Stelle, wo sie ihre Eier vergraben hat. Damit werden wir alle drei satt!«

Vor Pauls innerem Auge tauchte eine Pfanne voller Spiegeleier auf. Im nächsten Moment stürzte er davon.

»Warte. Nimm das Stück Feuerholz mit dem breiten Ende. Damit kannst du besser graben!«

Mühsame zwanzig Minuten später war Paul wieder in ihrem kleinen Notlager. Er war voller Sand und sah aus wie das Mädchen im Sterntalermärchen, nur dass auf seinem zu einem Beutel hochgezogenem T-Shirt keine Münzen lagen, sondern einige Dutzend kleiner, ovaler Schildkröteneier.

Wie er so dastand und auf das von Juanito entfachte Feuer starrte, purzelte seine Spiegeleier-Fantasie in sich zusammen. Ohne Pfanne braten? Keine Chance. Bestenfalls würden sie die Eier in der abkühlenden Glut garen können – aber bis dahin waren es noch ein paar Stunden.

»Dort hinten … Kuhle … Topf …!«

Joe hatte sich mit schwacher Stimme zu Wort gemeldet, dabei zeigte er auf eine von Ästen halb verborgene Mulde ein paar Meter neben sich. Dort fand Paul einen kleinen Campingblechtopf, in dem die ausgekratzten Reste von Joes und Wolfs letzter Mahlzeit zu kleben schienen.

Eine halbe Stunde später gab es Rührei. Ohne Salz und Pfeffer, nicht unbedingt gleichmäßig ausgebraten, aber ganz ohne Zweifel ein echtes, sättigendes Schildkrötenrührei.

Natürlich hatten auch Juanito und Paul Hunger, aber Joe war in einem so erbärmlichen Zustand, dass er den Löwenanteil der kleinen Mahlzeit bekam. Schon nach den ersten mühsam heruntergeschluckten Bissen belebten sich seine Züge und es schien, als wäre er nicht mehr ganz so bleich.

»O Jungs«, sagte er, nachdem er seinen letzten Bissen gekaut hatte, »ihr glaubt gar nicht, wie froh ich bin, euch wiederzusehen. Ich hatte schon gedacht, ich müsste auf dieser trostlosen Insel elend verrecken. Dieser gemeine Schuft! Von Anfang an reingelegt hat er mich. Kaum waren wir hier angekommen, da …« Joe war offensichtlich froh, seine Geschichte endlich loswerden zu können, und sprach ohne Unterbrechung weiter.

Die Flotte der Geisterboote

Während er dem Anakondajäger zuhörte, dachte Paul verzweifelt über ihre Rettung nach. Natürlich konnte er versuchen, die Insel schwimmend zu verlassen und das Flussufer zu erreichen. Aber selbst wenn er der Anakonda, einem Kaiman oder einer Horde hungriger Piranhas entkommen sollte – was dann? Alleine, ohne Waffen und vor allem ohne Kenntnis der Dschungel-Gefahren durch die Wildnis laufen, um Hilfe zu holen, war lebensgefährlich. Vielleicht könnten sie wenigstens ein kleines Floß bauen und sich damit den Fluss hinunter zum Camp treiben lassen. Er ließ den Blick schweifen und musterte die Bäume ringsherum. Wie sollten sie, nur mit einem Taschenmesser ausgerüstet, Stämme für ein Floß fällen? Wenn doch die Bambustriebe in ihrem Rücken dicker wären, die dünnen Stecken reichten gerade mal für ein Spielzeugschiffchen.

»... kannst du dir das vorstellen? Paul?«

Paul merkte, dass er Joe gar nicht mehr richtig zugehört hatte, nickte aber eifrig.

»Drei Tage Stunde um Stunde bei dieser Akazie, wo wir schon am ersten Tag die Spuren einer großen Schlange entdeckt hatten. Aber es war nichts von ihr zu sehen. Wolf wurde immer mürrischer und wollte irgendwann abbrechen. Da half es auch nichts, dass ich ihm die Hälfte des Roosevelt-Preises versprach. ›Was nützt mir Geld, das in Amerika auf der Bank liegt. Ich hab jetzt Durst‹ – er dachte dabei natürlich an seinen inzwischen ausgeleerten Jamaika-Rum – ›und will nicht jeden Tag Fisch fressen wie ein Reiher.‹ Dann hab ich einen Fehler gemacht und ihm von den tausend Dollar erzählt, die ich als Notreserve immer bei mir trage. Zweihundert wollte ich ihm sofort geben …«

Pauls Gedanken schweiften wieder ab. Worüber hatte er gerade nachgedacht? Spielzeugschiffchen?

»… mit dem Gewehrkolben auf die Stirne. Mann, ich hab geglaubt: Das war's, mein letztes Stündlein hat …«

Paul durchzuckte die Idee wie ein Stromstoß: »Ich hab's!«

»Was? Hörst du mir gar nicht zu?«

Joe hatte sich so in Fahrt geredet, dass er beinahe sauer über die Unterbrechung war. Juanito dagegen sah Paul erwartungsvoll an.

»Ich habe eine Idee, wie wir die anderen auf uns aufmerksam machen können!«

»Was, aber wie denn? Hat das nicht Zeit?« Joe starrte ihn an und wollte weiterreden, wurde aber ziemlich ruppig von Juanito unterbrochen.

»Jetzt lass ihn doch ausreden!«

»Seht mal dort, die Bambusstöcke. Bambus schwimmt doch ziemlich gut, nicht wahr?«

Beide nickten.

»Wenn wir daraus viele kleine Flößchen bauen und sie in kurzen Abständen schwimmen lassen …«

» … dann kommen sie irgendwann mit der Strömung beim Camp vorbei!«

Juanito hatte begriffen und war ganz begeistert.

»Genau. Und wenn sie dann immer mehr davon finden und gucken, wo die Dinger herkommen, dann werden sie irgendwann die Einmündung des kleinen Flüsschens finden, oder nicht?«

Joe hatte die Augen aufgerissen und staunte die Jungen an.

»Mensch, warum bin ich nicht auf so was gekommen?«

Eine halbe Stunde später hatten die drei unfreiwilligen Insulaner ein erstes schwimmtaugliches Minifloß gebaut und erfolgreich getestet. Das Bambusschiffchen war denkbar einfach konstruiert. Zwei dickere Stangen waren mit zwei dünneren Stäben zusammengesteckt und mit den hanfartigen Blattfasern einer Palmenart verbunden, sodass sie wie ein Katamaran auf dem Wasser lagen. Die Strömung hatte das kleine Schiff ergriffen und immer schneller das Flüsschen hinunter abgetrieben.

»Und wenn sie irgendwo hängen bleiben?«

Paul war voller Hoffnung, aber auch ein wenig skeptisch.

»Einige vielleicht, aber die meisten kommen bestimmt an!«, meinte Juanito.

»Was glaubst du, wann werden die ersten wohl am Camp vorbeikommen?«

Juanito überlegt einen Augenblick mit geschlossenen Augen, als würde er sich die Strecke noch einmal in allen Einzelheiten ausmalen.

»Vielleicht fünf, sechs Stunden?«, sagte er, fügte aber mit einem Blick zum Himmel bedauernd hinzu: »Allerdings ist es gleich dunkel. Wir müssen bis morgen früh warten, sonst treiben die Bambusflöße ungesehen am Camp vorbei!«

»Nein, Freunde! Nein! Nein!«

Paul und Juanito sahen zuerst Joe an und tauschten dann untereinander einen mitleidigen Blick.

›Der arme Kerl, jetzt fiebert er wieder‹, schienen beide zu denken.

»Nein, wir müssen nicht bis morgen warten!«

Joe war abrupt aufgestanden und blickte sie mit geballten Fäusten voller Euphorie an.

»Wartet nur ein Weilchen. In spätestens einer Stunde ist hier überall um uns herum Geisterbahn. So lange sollten wir noch ein paar etwas stabilere Lastkähne bauen.«

Juanito begriff sofort und nickte Joe anerkennend zu.

»Er hat recht, wenn es richtig finster ist, sehen wir das modrige Holz leuchten. Bessere Signalleuchten gibt es nicht!«

Bei Paul fiel der Groschen etwas langsamer. Aber dann verstand auch er.

Etwa eine Stunde später konnten sie es schließlich auch sehen. Überall in Ufernähe, dort wo die feuchtesten Stellen waren, glimmte und glühte es. Das vermodernde Holz unzähliger alter Stämme und Äste schimmerte phosphoreszierend kalt durch die Nacht.

›Wie die Ziffernblätter meiner Armbanduhr‹, dachte Paul, ›oder wie Glühwürmchen. Nur viel stärker und in vielen Farben.‹

Die drei Inselgefangenen kamen dann am Ende so in Fahrt, dass sie bis tief in die Nacht immer mehr Bambus-Katamarane in Zehnminutenabständen wie eine unheimliche Geisterprozession auf die Reise schickten. Denn in der stockfinsteren Nacht leuchteten die kleinen Feuerschiffe weithin sichtbar, sodass sie einmal sogar gleich fünf von ihnen hintereinander über den See treiben sahen.

Paul hielt am längsten durch. Als er gegen vier Uhr in der Früh das achtundvierzigste Schiffchen zu Wasser gelassen hatte, torkelte er zurück zu dem noch immer munter brennenden Feuer, rollte sich zwischen Juanito und Joe zusammen und war im Handumdrehen eingeschlafen.

Nachts im Dschungel

Auch nachts ist der Dschungel sehr lebendig. Tiere mit großen, lichtempfindlichen Augen, feinen Nasen und Ohren, Ultraschallsensoren oder einem Sinn für Körperwärme jagen ihrer Beute hinterher. Überall huscht und raschelt es, hier und da glimmt in der tiefen Dunkelheit das gespenstische Licht von fluoreszierenden Pilzen oder Leuchtkäfern auf.

»Ist das Frühstück schon fertig? Ich hätte gerne einen Toast. Außerdem Spiegeleier, Speck und Würstchen. Und Kaffee!«

Paul kam nur langsam zu sich. Und wenn Joe nicht so laut im Schlaf fantasiert hätte, wäre er wohl zurück ins Reich der Träume geglitten. Allerdings schienen seine Träume in die gleiche Richtung zu gehen wie die von Joe, denn auch er roch Kaffee, und zwar überzeugend echt!

»Hoffentlich haben sie unsere Schiffchen entdeckt«, murmelte er und war sich nicht sicher, ob er gerade mit Juanito und Joe gesprochen hatte oder mit sich selber.

»Das haben wir vermutlich, sonst wären wir wohl nicht hier. Oder?«

Paul, Juanito und Joe rissen alle drei gleichzeitig die Augen auf und blinzelten gegen die Sonne auf ein absonderliches Bild. Vor ihnen stand der ellenlange Dr. Zernott und – mit einer dampfenden Thermoskanne in der Hand – die kleine dicke Oma Esmeralda. Gleich dahinter sah man außerdem mit strahlenden Augen Estéban und in großem Abstand eine Handvoll Männer aus dem Camp Napo.

»O Gott, ich war noch nie in meinem Leben so froh, dich zu sehen. Habt ihr wirklich unsere Feuerschiffe entdeck…« Paul unterbrach sich, denn er hatte Juanito leise stöhnen gehört.

»Juanitos Bein … er hat einen üblen Schlag abbekommen. Ihr müsst sofort etwas unternehmen!«

Jetzt geriet Bewegung in die Erwachsenen. Dr. Zernott machte einen schnellen Schritt auf Juanito zu und besah sich die blutverkrustete Wunde.

»Paco! Den Arztkoffer!«

Paco, Estébans Bruder, sprang zum Ufer zurück und brachte einen großen silbernen Koffer mit rotem Kreuz herbei. Juanito stöhnte laut auf, als Dr. Zernott begann, das Bein zu verarzten.

»Die Wunde ist sehr tief, da muss ein Arzt draufgucken. Estéban und Paco werden dich nach Puerto Misahuallì ins Krankenhaus bringen. Willst du ein Schmerzmittel haben, mein Junge?«

Juanito nickte heftig mit dem Kopf, auch wenn er angesichts der Spritze, die der Biologe dann auspackte, lieber die Augen verschloss.

Inzwischen war Oma Esmeralda bei Joe angekommen. »Tss, tss, tss, junger Mann! Ihre Stirn hat vor ein paar Tagen irgendwie anders ausgesehen. Es sieht so aus, als sollte der Arzt sich auch ein wenig mit Ihnen beschäftigen.«

»Mit mir, nein, ich bin schon wieder ganz in Ordnung.«

Wohl um seinen Worten Nachdruck zu verleihen, sprang Joe auf und lief ein paar Schritte umher. Was allerdings keine gute Idee war. Denn auf einmal fing er an zu torkeln und sich um sich selber zu drehen. Er wäre mit Sicherheit umgefallen, hätte nicht Estéban ihn geistesgegenwärtig im letzten Moment gestützt.

»Ganz in Ordnung?« Dr. Zernott hatte sich zu ihm hinübergedreht. »Davon scheint Ihr Kreislauf wohl noch nichts mitbekommen zu haben. Oder?«

»Schon gut, ich werd mit Estéban, Paco und Juanito zum Arzt fahren.«

Eine Weile herrschte geschäftiges Durcheinander. Die verschiedenen Versionen der Abenteuergeschichte wurden kreuz und quer durcheinandererzählt. Die Erwachsenen kamen aus dem Staunen nicht heraus. Vor allem Joes Bericht über Wolfs brutalen Raub rief große Empörung hervor.

Oma Esmeralda war überall. Sie hatte wohlweislich einen großen Korb voller Tortillas, Würste und Brot eingepackt. Jetzt, da die Angst und Sorge der letzten Stunden verflogen war, griffen auch alle beherzt zu. Und der Kaffee, den Paul und Juanito zum allerersten Mal in ihrem Leben tranken, holte ihre Lebensgeister endgültig zurück.

Dann war es Zeit aufzubrechen. Estébans Einbaum mit den beiden Patienten und seinem Bruder Paco tuckerte als Erstes davon. Doch als Dr. Zernott gerade in das Boot steigen wollte, in dem bereits Oma Esmeralda Platz genommen hatte, zupfte Paul seinen Vater am Hemd.

»Papa, ich muss dir noch etwas zeigen!«

Der Schlangenforscher war einen Moment lang verwirrt.

»Ja? Was denn?«

»Ich will es dir zeigen. Nicht erzählen. Komm mit!«

»Also gut. Und Esmeralda?«

Paul drehte sich zu seiner Oma um, die ein wenig erstaunt zu ihnen herübersah.

»Wir sind in spätestens einer Stunde zurück!«

»Aber …?«

»Erschreck die Krokodile nicht, Esmeralda, wir sind gleich wieder da!«

Als sich Dr. Zernott wieder seinem Sohn zuwandte, war der bereits losmarschiert.

»Na gut«, brummelte der Biologe in seinen struppigen Bart, »dann gehen wir eben los. Wollen doch mal sehen, was der Junge auf dem Herzen hat.« Und dann lief er mit einem zugleich heiteren und neugierigen Gesichtsausdruck zügig hinterdrein.

Paul fand den Weg dieses Mal viel leichter. Zuerst bis zur Gabelung der beiden Pfade und dann das Inselufer entlang auf die dicke Akazie zu. Die ganze Zeit über sprachen sie kein Wort. Paul überlegte verzweifelt, was er dem Vater erzählen sollte, während Dr. Zernott sich voller Neugier nach allen Seiten umsah.

Als sie nur noch etwa hundert Meter von dem Baum entfernt waren, tauchten zum ersten Mal die Abdrücke einer sich windenden großen Schlange auf dem Uferboden auf. Paul sah aus den Augenwinkeln, wie sein Vater bei ihrem Anblick erstaunt stehen blieb. Als sich ihre Blicke trafen und Paul den ungläubig fragenden Ausdruck seines Vaters sah, nickte er nur – sein Vater hatte begriffen! Schweigend gingen sie weiter.

›Hoffentlich ist sie da!‹, dachte Paul, ›Joe hat vier Tage vergeblich auf sie gewartet.‹

»Da!« Vater und Sohn hatten das riesige Tier gleichzeitig gesehen. Die Anakonda war atemberaubend groß. Zusammengerollt in einer von Wurzeln begrenzten Mulde lag sie direkt am Wasser und sonnte ihren in vielen Farben schillernden Leib. Das Halbprofil des kantigen Schädels zeigte Richtung Fluss. Ohne ihr gelegentliches Züngeln hätte man das vollkommen ruhige Tier auch für eine Versteinerung halten können. Wortlos und wie gebannt verharrten die beiden Beobachter einige Meter entfernt und konnten sich an dem Bild der majestätischen Schlange nicht sattsehen. Zehn, zwölf Minuten vergingen, ohne dass überhaupt etwas geschah.

Dann, langsam, fast lässig, wandte ihnen die Anakonda den Kopf zu und sah sie an. ›Sie hat keine Angst vor uns‹, dachte Paul, ›und sie ist schön!‹

Sein Vater schien etwas Ähnliches zu denken, denn er legte Paul seine Hand auf die Schulter und sah kurz zu ihm hinunter. Irgendwann, als sie schon längst jedes Zeitgefühl verloren hatten, streckte sich der schwere Leib des Tieres aus seiner Ruheposition und glitt sehr langsam, aber trotzdem mühelos auf das Wasser zu. Es war, als ob sie sich noch einmal in ihrer ganzen Länge zeigen wollte, bevor sie vor den

Die Dschungelkönigin

Sie ist die Königin der Schlangen, die Große Anakonda, ein beinahe mythisches Tier, das schon durch die Träume und Albträume vieler Dschungelfahrer geglitten ist. Sie ist nicht nur eine der längsten Schlangen der Welt, sondern auch die massigste und schwerste. Und sie wäre nichts ohne die Wasserläufe und Sümpfe Amazoniens. Dort lauert sie – die kleinen, hochliegenden Augen in dem kantigen großen Kopf knapp über der Wasseroberfläche – in den trüben Fluten auf ihre Opfer, eine ebenso gute Schwimmerin wie ausdauernde Taucherin. Mit ihrer gigantischen Kraft umschlingt und erdrosselt die Große Anakonda nicht nur Fische und Wasservögel, selbst Raubkatzen und Kaimane fielen ihr schon zum Opfer. Wehe dem Menschen, der ihr unaufmerksam zu nahe kommt!

Blicken der Menschen in ihrem Baumversteck verschwand.

»Paul, merk dir irgendetwas Auffälliges am Kopf und am Schwanzende. Mach ich auch. Wenn du mich fragst, ist es definitiv eine Zehn-Meter-Anakonda.«

Dann zog der Biologe ein Taschenmaßband aus der Jacke. Gemeinsam legten sie es an. Doch die abgewickelten zehn Meter waren zu wenig.

»Es reicht nicht. Warte.«

Als er die letzten Zentimeter nachgemessen hatte, fehlten Dr. Zernott die Worte.

»Die Roosevelt-Schlange. In Ecuador. Und wir haben sie gefunden und vermessen.«

»Papa?«

Paul sah den Vater aus erschreckten Augen von der Seite an.

»Man muss sie … töten, um den Preis zu bekommen – oder?«

Dr. Zernott blickte ihn verdutzt an: »Töten, aber warum denn? Man kann sie betäuben und vermessen. Und natürlich mit dem Bandmaß daneben fotografieren. Wenn du das unter Zeugen machst, geht das in Ordnung.«

Paul war mulmig zumute. Die größte Schlange der

Welt, eine wirkliche Dschungelmajestät – betäubt, vermessen und überall in der Welt in den Schlagzeilen – das war nicht nach seinem Geschmack.

»Wann willst du wiederkommen und sie betäuben?«

Mit einem Ruck drehte sich der lange Biologe zu seinem Sohn um.

»Wie? Betäuben? Ich? Dieses Tier? Nicht für eine Million Dollar würde ich seine Ruhe stören. Was meinst du, was hier los ist, wenn die Zeitungen oder das Fernsehen Wind davon bekommen?«

Paul war von den Socken. Das Plumpsen des Steins, der ihm soeben vom Herzen gefallen war, musste noch im Camp Napo zu hören gewesen sein. Er strahlte seinen Vater an, nahm zwei Schritte Anlauf, und ehe der sich versah, hing Paul einen halben Meter über dem Boden um seinen Hals.

»Natürlich wirst du nichts verraten«, sagte Paul. »Wie konnte ich das bloß einen Moment lang glauben?«

Dann schwiegen sie wieder.

»Wirst du noch mal herkommen, um sie zu beobachten, Papa?«

»Ich weiß nicht genau.« Dr. Zernott dachte kurz nach, schüttelte den Kopf und legte erneut den Arm um Pauls Schulter. »Nein, ich glaube nicht. Eine solche Begegnung sollte man nicht wiederholen. Die bleibt einem für immer im Herzen.«

Paul nickte. Er verstand, was sein Vater meinte. Dann drehten sich die beiden um und verließen mit langsamen Schritten diesen besonderen Ort.

Als Joe am nächsten Abend mit einem dicken Verband am Kopf vor Paul und seinem Vater stand und sich herzlich für seine Rettung bedankte, hatte er den Traum von der Zehn-Meter-Schlange wohl irgendwo zwischen Puerto Misahuallì und Camp Napo aufgegeben. Er war ein wenig enttäuscht, aber auch an seinen Abenteuern im Dschungel gewachsen. Dass Johannes Cornelius Portländer der II. beinahe der Entdecker der Roosevelt-Schlange geworden wäre, wussten nur Vater und Sohn Zernott. Doch das Versteck der Anakonda war ihr Geheimnis und würde es für immer bleiben.

Der fiese Dschungelführer Wolf kam nicht weit mit dem geraubten Geld. Die ecuadorianische Polizei nahm ihn fest, als er gerade das Land in Richtung Kolumbien verlassen wollte.

Und Paul? Vierzehn Tage später saß er wieder in der kleinen Cesna und blickte wehmütig zurück auf den Dschungel, den Fluss, das Camp, auf seinen Freund Juanito und auf die Insel der Großen Dschungelkönigin. Und auf eine Zeit voller erstaunlicher Abenteuer, die er sein ganzes Leben lang nicht mehr vergessen würde.